01

DEATH STRANDING

BASED ON PRODUCTION BY KOJIMA HIDEO AND NOVELIZED BY NOJIMA HITORI

死亡擱淺

原作 小島秀夫　小說 野島一人

01
CONTENTS

下集目錄

登場人物

山姆・波特・布橋斯

時隔十年又回到布橋斯的「送貨員」。身為第二遠征隊的成員橫越大陸。

亞美利

為了重建美國而率領第一遠征隊橫越了大陸。在西岸的緣結市遭到軟禁。

布莉姬・斯特蘭

美利堅合眾國最後一任總統。為了將崩壞的世界重新連結起來，將自己的一切都奉獻於重建美國的使命上。山姆的養母。

頑人

以重建美國為使命的組織——布橋斯的指揮官。布莉姬的親信。

亡人

布橋斯的成員。原本是一名法醫。負責ＢＢ的維修保養等工作。

瑪瑪

布橋斯的設備技師。參與邱比連接器與開若爾網路的開發工作。

心人

布橋斯的成員。嘗試要解開死亡擱淺及冥灘之謎。

翡若捷

民間送貨組織——翡若捷快遞的年輕女老闆。

席格斯

妨礙美國重建，試圖引導人類步向滅絕的狂人（Homo Demens）。

用語

BB

布橋嬰（Bridge Baby）。人為創造出來的「裝置」。

裝備了這個裝置的人能夠感應到亡者的氣息與存在。

死亡擱淺

世界上爆發的神祕重大異變。從亡者世界擱淺（Strand）的反物質與這個世界的物質互相接觸而引發湮滅的現象。

布橋斯

為了將分離的都市與人們重新連結起來，重建崩壞的美國，由合眾國最後一任總統布莉姬創社的組織。

DEATH STRANDING 01

PROLOGUE

——這孩子，是特別的喔。

無數張面孔正盯著他看。先後湊近過來，直到視野幾乎被填滿，然後又一一離去。以往曾見過的臉，之後或許會看到的臉，一輩子無緣謀面的臉，許久以前便逝去的臉，在眼前浮現又消失。

自己宛如昆蟲標本般被釘在某處，動彈不得。他是個被單方面注視的存在。

你是哪邊呢？

一張陌生的面孔問他。聯繫著嗎，沒聯繫著嗎。

你位於何處呢？

過去嗎，現在嗎，生者的世界嗎，亡者的國度嗎。

遠處傳來鯨歌，那是求偶的叫聲。

——為何如此認為？也有可能是哀慟的號泣聲吧？

看著他的女人，嘴角撕裂至耳際，整張臉於是變成了嘴。她的口腔裡密密麻麻地布滿細小犬齒，一直延伸到喉嚨深處。伴隨令人不安的龜裂聲響，保護他的無形障壁遭到啃咬而粉碎，空氣中瀰漫著臟器的腥臭。

星體爆炸的畫面映入眼中。能一窺這片土地最初誕生的、極微小的生命世界。

落入喉中，沾滿胃液，被蠕動的腸子來回擠壓，從肛門排出。海浪打來，沖刷著糞尿和汙血弄髒的裸露軀體。那軀體沒有手腳，只是一團肉塊。

一道特別大的浪頭在上方濺開，化為無數水滴，灑向其身。

他的肉體開始急速成長，彷彿淋過一場時間雨（Timefall）。眼、耳、口、鼻一一成形，手腳接連長出，變成了人。

——這孩子是特別的喔。

被某人抱著、受某人保護的感覺令他心安。然而——

抬頭一看，無數張臉孔又包圍了他。你位於何處呢？

被這麼問完，他才察覺自己的身體已消失無蹤。一股深不見底的焦慮如浪潮般洶湧而至。

夢境到此結束。

所以他醒了。

EPISODE Ⅰ 山姆．波特．布橋斯

山姆．波特．布橋斯——

被人連名帶姓地呼喚，他醒了。眼前是一張女人的臉。

「你醒啦，山姆。山姆．波特．布橋斯。」

山姆反射性地拉開距離，同時回溯記憶。他記得自己為了躲避時間雨(Timefall)，逃進了附近的一處山洞。想必是在卸下行李、讓身體稍事休息時打了個盹。

「對不起，」女人道歉。「我不是故意要嚇你。」

對方穿著一件能突顯身體曲線的黑色膠衣，脖子以下完全被覆蓋住了。

「妳在這裡幹麼？」

面對山姆的提問，女人輕笑道：

「躲雨，跟你一樣。」

他看向洞窟外，時間雨似乎早已停歇。陽光穿透逐漸散去的雲層，微弱地照射下來。看來在亡者被喚醒前，雨勢就已經通過了。

「我叫翡若捷。」

女人說著伸出右手，那隻手也被黑色手套包裹著。自己可能反射性地皺眉了也說不定——無意冒犯，只是在趕時間——為了如此解釋自己為何不回握她的手，山姆轉身背起放在地上的行李。

他認得那件膠衣上的標誌。一雙骸骨手掌，溫柔地捧起一件包裹的圖案。

「我聽說過妳。」

「哦，那還真榮幸。」

自稱翡若捷的女子吹著口哨答道。

「我也一樣，聽過你不少事蹟。山姆・波特・布橋斯——傳說中的送貨員。」

山姆裝作沒聽見，默默收拾行李。反正說是這麼說，這女人對我的事根本一無所知。

「要吃嗎？」

翡若捷冷不防將手伸到山姆面前。她的指尖捏著某種像是蟲子的生物，正一扭一扭地蠕動著。

「吃隱生蟲補身，時間雨不傷身。」

她將那儼然就是昆蟲幼蟲的玩意活活扔進嘴裡。隨後響起的咀嚼聲令人聯想到野獸進食的畫面，山姆不經意望向她。

「想來我這裡工作嗎？」

頂著一張人類女性的臉，翡若捷笑了。

「單槍匹馬在外頭闖蕩想必很辛苦吧？」

「我以為翡若捷快遞的員工已經夠多了。」

那是一家主要在大陸中部營運的快遞公司，也是國家體系崩潰後，隨即自發性地為災民運送物資、戮力支援重建工作的組織之一。有別於山姆這樣的個體戶（Freelance），它們憑藉大量人力及物力建構成的組織力支撐起這個世界，在國家喪失機能的當下，這類物流組織堪稱不可或缺。

「很多叛徒倒是真的。不少人都跳船的現在，我的組織已是風中殘燭。而且——」

她說著摘下了右手的手套。手部肌膚布滿無數皺紋和黑斑，宛如別人的手。浮腫而凸起的血管反襯著指頭的細瘦，彷彿出自一位數十歲高齡的老婦人。

「我自己也體無完膚。從頸部到腳都被淋溼過。」

瞇起雙眼看向遠方的她，也許是在強忍淚水。眼角和嘴角都沒有細紋，意思是唯獨黑色膠衣和手套下的肌膚，因為時間雨的關係而老化了嗎？

「我幫不上忙。」

雖不清楚她真正想表達的意圖，但誰也無法取回早已流逝、早已失去的時間。

「我只負責送貨，就這樣。」

翡若捷正準備開口回應，不料卻被打斷了。

『這裡是布橋斯中央配送。聽得見嗎？特約承包商山姆·波特·布橋斯，收貨人在等著收貨。』

山姆的無線電裝置發出帶著雜音的悶響。時候到了，我該出發了——山姆重新背好貨物，試圖無言地傳達這點。

「要進城嗎？」

說話的翡若捷也用單手提著小包裹，另一手則在不知不覺間撐起了一把傘。傘面並非圓形，而是星辰般的多邊形。

「雨雖然停了，還是得小心那些東西。」

她一邊旋轉著傘，一邊喃喃自語似地嘀咕道。山姆默然點頭，往山洞外走去。就在這時，胸前的口袋掉出了一張紙，翡若捷的聲音從急忙上前撿起的山姆背後傳來：

「被時間雨淋到的東西會加速老化，但它沒辦法沖掉一切。過去永遠不會消失。你也明白吧？」

山姆將紙片從翡若捷的視線下藏起。那是一張老照片，影中人除了比現在年輕許多的山姆，還有兩位女性。一臉尷尬的山姆，和一名笑臉盈盈的女子。另一位女性的五官因照片斑駁而看不清了，但山姆始終沒有忘記。那是一張他未曾擺脫，卻也無從挽回的容顏。

「我們會再見的。山姆·波特·布橋斯。」

摺好照片、塞進口袋的山姆轉過身去，而該處早已空無一人。

★

宛如魔法一般，那個男人從伊格·法蘭克眼前消失了。

／／中央結市

橫跨整個額頭的縫合疤痕，以及紅色外套的光澤，都還烙印在視網膜上。他知道這是幻覺，不過仍能感受到空氣中飄散著男人的體溫和汗味。透過光學立體成像建構出的那份存在感，就是如此真實。全像投影的人物確實地呼吸、凝視著自己的眼睛下達命令，彷彿親臨現場，栩栩如生。雖然那個男人的代號叫「亡人（Deadman）」，感覺有點諷刺。

關閉中央結市地底下的私人間（Private Rooms）房門後，伊格在空蕩蕩的走廊上開始奔跑。時間相當緊迫。

幾分鐘前，亡人的全像投影來到他的私人間。

『在住宅區裡發現了一具屍體。』

理了理紅色外套的衣襟，投影出的亡人如此說道。語氣十分平靜，但眼鏡後的目光卻透出一絲不安。

『抱歉，伊格。發現得太晚了，距離死亡已經過了近四十小時。情況緊急，能託付這重責大任的人就只有你了。』

全像投影的亡人低下頭，額頭上的手術疤痕被汗水浸溼。

『你是第二遠征隊的成員，而且正在為此做準備，這些總部都知道。這將是你在屍體焚化部的最後一件工作了，所以──』

我明白──伊格用眼神制止了亡人。現在不是猶豫的時候，時間恐怕只剩下短短數小時，而屍體焚化部的人員編制過於吃緊。伊格在此處耽擱得愈久，整座城市及居民被徹底消滅的風險只會不斷攀升。

伊格沒有開口回答「了解」，而是指著牆上的設備，詢問是否需要帶上。亡人無語地點了點頭，這也意味著，本次運屍將是一趟相當嚴峻的挑戰。亡人對穿上制服、抱起裝備的伊格說：

『抱歉給你添麻煩，相對的，我們會派幫手過去。按照預定時程，對方應該馬上就會抵達配送中心。他的實績和能力我都可以擔保，想必能助你、和中央結市全體市民一臂之力。』

這片大陸上還有這麼了不起的傢伙嗎？伊格如此說道，並非出於嘲諷或什麼的，只是若存在這樣一個人物，能為這徹底陷入泥淖的世界做點什麼該有多好。

『資料（Profile）已經傳進你的終端了，晚點確認一下吧。檔名山姆．布橋斯，那是他的名字。』

話一說完，亡人便從伊格面前消去身影。

身體能感覺到近乎靜音的馬達運轉聲和震動。坐在左側、手握方向盤的駕駛擦了擦脖子上的汗水。伊格裝作沒發現，指示他將貨車開到裝卸專用閘門前。他和這名駕駛合作過很多次，兩人的職責，是將屍體從隔離病房運送至焚化爐。過程只要稍有不慎，不僅自身性命難保，還會引發牽連無數人的大災難。雖是一項宛如懸崖間走鋼索的危險工作，正常來說，至少都會有一段緩衝期，來避免情況惡化到足以致命。

但這次卻不是這樣。

沒有時間。不允許任何停滯。因為那將直接導致死亡。

卡車減速了，透過擋風玻璃，能看見一道人影。由於逆光的緣故，難以判斷對方的表情，但輪廓與資料中的男子十分吻合。

伊格指示卡車停妥並降低車廂高度，目光同時與人影交會。對方眉宇擠出一道細微的豎紋，伊格確信，這是因為他認出了車身上的布橋斯標誌。換言之，這道人影就是這起緊急事件的救星。

他開門下車，邁步向前，同時伸出右手：

「我是伊格，布橋斯屍體焚化部的。」

理應身為救世主的那名男子，卻把視線從伊格的右手移開了。也對，伊格隨即釋懷，但仍維持著伸出右手的姿勢：

「你就是山姆．波特吧。」他搭話道。

明明背對著光，男子卻像感到刺眼似地把臉一皺。伊格因此理解這是對方肯定時的表情。

山姆．波特．布橋斯，異能者（DOOMS）。自由送貨員。直到十年前都還隸屬於布橋斯。在職當時就已表現出厭惡與他人物理碰觸的接觸恐懼症（Aphenphosmphobia）徵狀。

伊格回想起資料中記載關於山姆的特別注意事項。

「發生什麼事了？」

雖然沒握手，但山姆盡力拉回視線問道。

「沒時間了，跟我來吧。」

說著，伊格便轉身往卡車車斗走去，腳步聲從後方追上。

「你來看看。」

攀上車斗後，伊格向山姆指了指固定在正中央的貨物。那是一件身高大約等同成年男性、乍看之下彷彿鐵鉛色蟲蛹的物體——裝在屍袋裡的遺骸。

「得把這傢伙帶去焚化爐。」

爬上車斗的山姆並未回應，彎下腰，開始觀察打包好的屍首。

「生命跡象停止多久了？」

山姆頭也不抬地問。從這句話能聽出他已明白情況的特殊和急迫性。

「確切時間不知道，但至少四十小時了。」

伊格和抬起頭的山姆對上眼。

「沒有隔離在設施裡嗎？」

山姆語氣夾帶著憤怒與困惑，伊格只能默默承受。

「這人沒生病，他是自殺身亡。」

伊格將亡人送來的資料中記載的事實轉告山姆，而他自己也再一次被這個事實所打擊。

「自殺？」

山姆一邊盯著屍袋，一邊低喃。

「花了不少時間才找到它。雖然有經過冷凍處理，但不知道什麼時候會壞死（Necrosis）。」

向山姆如此解釋的過程中，伊格漸漸覺得自己像是在找藉口。

假使不被任何人察覺、不被任何人發現地死去，乃至肉體壞死，就等同於讓自己化身為終極毀滅性兵器。排除尚不能理解死亡此一概念的嬰兒，沒有人不明白這點。所謂自殺，並非選擇在孤獨中親手了結性命，而是刻意將許多人牽連進來。

換言之，自殺無異於恐怖攻擊。
「焚化爐在哪？」
山姆的提問，聽起來就像是在責怪伊格。
彷彿要揮開這種想法般，伊格啟動了手腕上的裝置。一張地圖憑空浮現。
「最近的一座在北邊。」
除了兩人的位置資訊，上頭還標出一處遺體焚化設施的圖示。山姆看向它，表情微微扭曲：
「它們一直在那條路上徘徊。沒別的選擇了嗎？」
「時間不夠。」
伊格駁回了山姆的提案。全都要怪屍體發現得太晚。
「直接在這裡燒掉還比較安全吧。」
「不能讓它在這麼近的地點焚燒，開若爾物質會危害到市區。」
伊格回頭看了看身後的城市。山姆說得不無道理，與其強行突破由屍體化成的「它們」流連蠢動的那條路線，不如原地將屍體燒毀，便能把風險降到最小。然而焚燒屍體所產生的開若爾物質，想必會長時間殘留在當地，對活人造成負面影響。更何況，此處還是這座城市的門戶。最終這個地方將被廢棄，令城市與外界所剩不多的聯繫變得更加薄弱。
「就是因為這樣，才希望有你這種異能者同行。」
山姆沒有回應伊格的請求，而是無言地脫下手套，徒手碰了碰屍袋。手背到手腕的裸露皮膚轉眼發紅，毛孔紛紛收縮起來。那就是一名異能者感應死亡的能力。包在制服裡的手臂肯定也整個起雞皮疙瘩、變成紅黑色了吧。縮回手，山姆把臉湊近屍袋，嗅聞著屍體散發出的「死亡」氣息。他的眉間再次擠出一道深深的豎紋：

「已經進入壞死的第一階段了。如果不快點，這地方就會變成另一個大坑洞。」

這意味著他們別無選擇。

「山姆，你願意幫忙嗎？」

抬起幾乎要趴向遺體的上半身，山姆點了點頭。伊格於是伸出右手：

「那布橋斯在此與山姆．波特．布橋斯簽訂契約。」

然而山姆只是瞥了他的手一眼，再度看回那具遺骸。能碰屍體，卻不能和活人握手？伊格放下懸在半空的右手。

「山姆。叫我山姆就好。」

山姆開始重新擰緊將屍體固定在貨斗上的皮帶，伊格見狀也蹲下來幫他。

「還有，我看不到它們，只能感應到。」

一邊固定屍體腳踝，山姆彷彿在確認般地咕噥著。嗯，我知道。資料裡也有註明這點。即使如此也已經夠厲害了，像我這樣的普通人，根本連感應都沒辦法。要是沒有能讓意識觸及死亡世界的設備輔助，甚至連它們在哪個方向都毫無頭緒。伊格輕拍自己胸前的裝備，向山姆展示道：

「我們早就有備而來。」

「布橋嬰（ＢＢ）是吧。」

「有了你和這個的協助，應該就能順利躲過它們。」

這句話有一半是出於自我激勵。為了擺脫這個念頭，伊格抓起從自己腹部延伸出來的臍帶（cord），將前端與圓艙上的插孔連接。

剎那間，世界天翻地覆。一股熱流從尾椎湧向頭頂，視野受到溢出的眼淚影響，扭曲成奇怪的樣貌。山姆的臉看起來變形了，宛如一幅抽象畫。

沒有人能正確解釋這件裝備的原理和起源。公認是在世界變成今天這副模樣的同時所誕生的一套系統，能夠將生者與死者聯繫起來的嬰兒（Bridge Baby）——外觀如此，卻是人為製造出來的裝置。

ＢＢ在伊格胸前的圓艙裡微微抽搐。灌滿艙內的人工羊水冒出氣泡，隨即破裂。

「這感覺實在不太好受。」

伊格擦去滑落臉頰的淚水，吸了吸鼻子，看向山姆。

「是啊，畢竟你連結到另一個世界了。」

因為無法順利調節五感，山姆的話聽在伊格耳裡，就像隔著一層薄膜般悶濁。視野仍有些不穩，他閉上眼，揉了揉眼皮，總覺得耳蝸深處傳來ＢＢ的笑聲。

伊格應聲睜開雙眼，然而出現在他視野中的，只有山姆僵硬的臉。對方的目光停留在自己胸前的圓艙上，他又聽見了ＢＢ的笑聲。

「出發！」

伊格朝駕駛座喊道。剩下的時間已趨近於零了，不論如何，他們一定要確實地按照這世界的規則處置這具屍體，將其送往亡者的世界，確保它永遠無法回來。

馬達轉速迅速提升，卡車開始疾馳。當他們通過卸貨區閘門時，外頭的天空看不見太陽。漆黑雲層等待著伊格和山姆，以及卡車後面的遺骸。

啟動手腕上的終端裝置，伊格察看卡車當前的位置。雖不能妄自斷言，但照這樣下去應該來得及。

「我小時候，世界長得完全不同。」

伊格抓著貨斗的支架，朝山姆開口。感覺若再不說點什麼，就快要被焦慮感給壓垮了。

「那時的美國是個國家，不管是誰，想去哪就去哪。也沒有像你這樣的『送貨員』。」

山姆凝視著遠方的天空。不曉得他究竟有沒有在聽，然而這對伊格而言並不重要。如果不持續發出聲音，名為自我的存在彷彿會就此崩解。

「車子在高速公路上跑，飛機在天空中飛，人們甚至還能去別的國家旅行。現在根本不可能了。死亡擱淺把這個世界搞得坑坑疤疤的，它徹底摧毀了我們的一切。而那些運氣好留存下來的事物，也會被時間雨腐蝕掉。」

高速公路、飛機、其他國家，以及美國。

這些字眼還在，但它們指代的對象已然消亡。從今以後，這些辭彙本身也將逐漸佚失掉吧。物體消滅，語彙則追隨著它們死去。顏色的名字，動物的名字，食物的名字，交通工具的名字，人與人之間交流所產生的情感的名字，都將一一喪失。即使倖存下來，也會是一則不切實際、神聖卻空洞的話語，舉例來說，就像「神」。

美國這個詞，如今幾乎與神同義。

再過一段時間，像山姆這樣在國家覆滅後出生的世代將成為多數，屆時所謂的美國便和神沒兩樣——徒留虛名。後續便只是個人信仰與否的問題了。如此一個淪為迷信的國家，想必只會釀成許多無意義的悲劇。

這就是為什麼，我們這些瞭解美國的人，必須把她奪回來。在美國成為神話之前。在雨水腐蝕一切之前。在怪物毀滅世界之前。

「美國還沒腐蝕殆盡，怪物倒是先從冥灘跑來了。雖然不該對你說這個。」

失言。伊格有些後悔地看著山姆，然而從他臉上讀不出任何情緒，這又讓伊格更加覺得不吐不快。

「活人死人的世界混在一起，人們開始躲在城市裡足不出戶，接著你們這些『快遞員』就被捧上天了。」

連帶我們這些屍體焚化員都——伊格把話吞了回去。

不得不吞回去。因為正前方的天空出現了一道彩虹。

並非從地面延伸到天空，而是自天空往地面倒掛的七彩弧線。接引來自另一個世界怪物們的凶兆之橋。

「快看！」

伊格指向倒掛的彩虹。山姆肯定已經注意到了，正抬頭望著天，他接著把目光轉向置於貨斗的屍袋，伊格見狀也照做。

只見灰沉沉的鉛色屍袋，此刻到處都滲出了黑色的焦油狀液體，其中一處特別大的汙漬位於下腹部周圍。BB的哭聲迴蕩在伊格耳邊，視野再度扭曲了。從那片大黑斑中，開始冒出無數的微小粒子，不斷向上飄升。仔細觀察那些微粒，會發現它們全都描繪著螺旋狀的軌跡，匯聚、扭緊成一條發光粗繩。生來首次目睹的景象。

肉體（Ha）開始壞死（Necrosis），脫離出來的靈魂即將被拉進冥灘（Beach）。冥灘是連接亡者世界和生者世界之地，然而，它被描述為一處特殊的「領域」，不存在這個物理世界，而是位於一個迴異的次元。像伊格這樣的凡人雖感知不到，具有特殊能力者卻可以。他們在形容時，多半將亡者的世界比喻成大海，與人世相連的地方則是海灘（Beach）。由於該譬喻被廣泛使用，「冥灘」這個稱呼便底定下來。曾被視為生命之母的海洋，如今成了亡者歸宿的代名詞。而那些亡者經由冥灘返回人世、擱淺在這一側的現象，則被稱為死亡擱淺（Death Stranding）。

山姆將手伸向屍體，碰觸出現光繩的下腹部——正好位於肚臍一帶。他的手背立刻漲紅。

「焚化爐還有多遠？」

山姆吼道，淚水盈滿眼眶。整具屍袋都已布滿了黑色汙漬，彷彿要呼應那片漆黑似的，天空變得愈發昏暗。

「這傢伙就快出來囉！」

「沒辦法，非得直接穿越它們不可了。」

伊格敲了敲駕駛座後窗，朝駕駛比出信號，卡車加快速度，向左改變了路線。他重新壓低姿勢、抓緊支架，以防被甩下貨斗。拜此所賜，視線就正對著那具屍骸。壞死仍在持續當中。至今為止，伊格已運送過無數具遺體，但大多都是能預判死期、安全無虞的對象，只是把在隔離病房接受安寧照護的往生者運走罷了。即使是意外事故下的死者，在開始壞死前也有足夠的時間緩衝，所以從未面臨如此急迫的運屍任務。

袋子底下，究竟成了什麼模樣？莫非肉身早已分解成無數微粒，勉強賦予其輪廓的，就只剩這具屍袋？化學纖維編織成的軟棺材。一旦解開束縛，裡頭的東西可能就再也無法稱作一具屍體。

卡車劇烈跳動，伊格和山姆緊抓支架的手加重了力道。身後吹來一陣宛如颳過大地的風，掠向貨斗上的兩人。伊格閉上眼面對飛揚塵土，一滴溫熱的水落在他的臉頰上。

肌膚抽動著。一種不痛也不癢的觸感，往他整張臉蔓延開來。我又變老了嗎？白髮和皺紋增加了嗎？感應到天空降下的時間雨，制服兜帽自動展開，罩住伊格頭部。對面的山姆同樣也已戴上兜帽，然而就像是為了嘲笑兩人的裝備般，雨勢瞬間激增。

抬頭一看，天空被彷彿整片焦油的雲層占據，阻隔了陽光，將媲美夜晚的黑暗鋪滿地表。時間雨會奪走它所觸及的一切事物的時間，而使其降下的開若爾雲，則剝奪了晝夜感。不論經歷多少次都無法習慣，它們混淆常規，擾亂了萬物的步調。

卡車大燈貫穿來訪的黑暗，照亮這陣傾盆大雨。伊格牢牢抓緊支架，凝視前方，一股潮腥味刺激著他的嗅覺——明明海是如此的遙遠。異味穿透鼻腔，化作淚水溢出來，毫無疑問，那是來自亡者世界的氣味。

馬達忽然發出巨響，大燈應聲熄滅。在只有雨和黑暗的世界裡，卡車因失去動力靜止下來。駕駛不由得驚叫，手忙腳亂地想再次啟動馬達。別慌。只是暫時性的拋錨罷了。伊格試圖透過後窗安撫駕駛，但聲音比自己想像中還要無力。時間雨會影響電磁波，造成電力系統癱瘓的情況也時有所聞，不過應該很快就會恢復才對。

要冷靜。他同時告訴自己和駕駛。

也許這麼做真的有效吧，過沒多久，駕駛座便恢復明亮，大燈也跟著復活了。馬達再等一會想必也會重新啟動。稍稍鬆了口氣的伊格看向山姆，只見他目光停留在自己左肩，而裝備在肩膀上、名為歐卓德克的探測器，前端正大大張開成手掌形狀。潮腥味和惡寒，外加噁心及暈眩感一口氣湧了上來。

亡者就在附近。但它們會從哪個方向襲擊過來？完全無從得知。敞開的歐卓德克也只能倉皇地閃個不停，像在抓空氣那樣反覆開合。它的線路與BB相連，是用來標示亡者所在位置的外接硬體之一，一旦BB捕捉到亡者，歐卓德克就會負責指出其動向才對。明明死亡的氣息如此濃烈，居然還測不到——

「山姆，看到什麼了嗎？」

「不，什麼都沒有。」

山姆語帶憤怒地回應，顯然他也已經感受到了亡者的存在。伊格輕敲胸前的圓艙：拜託你，幫幫我們吧。怪物在什麼地方？

耳中響起嬰兒微微的啜泣聲，下一秒歐卓德克開始劇烈旋轉，就像一具壞掉的風車，咕嚕咕嚕轉個不停。

「這個BB可能是不良品。」

無意去質問誰的一句話。

忽然間，馬達活了過來，輪胎咬住地面，帶動卡車開始奔馳。車速瞬間提升，彷彿要盡快擺脫不知從哪滲出的死亡徵兆。為了不被甩下車，伊格緊緊攀住支架，鼻腔深處始終有股怪味，像是要使大腦麻木般穿透上來。轉動的歐卓德克戛然而止，從手掌形狀切換成一道十字，直直指向正前方。不妙。

它們就在那。卡車直線奔向亡者的領域。

伊格想指示駕駛轉向，不料已經太遲。一陣衝擊傳來，整個車體巨烈搖晃，駕駛的慘叫與剎車的轟鳴聲接連響起。越過駕駛的肩膀望向擋風玻璃，可以看到大大的黑色手印沾黏上來，卻遍尋不著手印的主人。

身體因飄浮感變得輕盈。伊格茫然伸出手，但什麼也抓不到；嘴裡大吼著，卻無法組成有意義的話語。他被撞擊力道拋出貨斗，重重摔在地上。

聽見一聲呻吟，伊格恢復意識。他勉強從泥地裡起身，四處張望，那陣呻吟就來自近處。駕駛受困在翻覆的卡車底下，看不見被壓住的下肢，然而仰躺的上半身正絕望地扭動著，雙臂在空中揮舞。他的臉被雨打溼，已經變成了一張老者的臉，皺紋極深，頭髮也完全白了。但那「救命」的哀號聲中，還聽得出屬於年輕人的高亢。

等著，我馬上去救你。在伊格走向卡車時，眼角餘光瞥到有什麼東西在動。

是山姆。他面對著同樣被拋下車的屍袋，微微拖動右腳，可能是翻車時受傷了。漆黑的屍袋在臉部周圍閃爍著金光，乍看就像一具被迫戴上扭曲黃金面具的人形棺木。肚臍一帶湧出無數細小微粒，持續串聯成繩索狀，朝高空升去。

壞死的最終階段。距離人類不再只是死者、化身為怪物僅一步之遙的狀態。以前只聽說過相關知識——被分發到屍體焚化小組時接受講習的那些知識，此刻都在眼前真實上演。

——人死後，靈魂（Ha）就會脫離肉體（Ka）。這是古埃及人基於構成生命的元素（Element）推導出的概念。倘若留下不完整的肉身，靈魂便會謀求歸處而迷失自我，流連在死去的地方不斷尋覓。要正確引導靈魂，就必須盡快將遺體火葬，讓它明白自己已經沒有可返回的軀殼，否則，靈魂將成為擱淺的存在（Beached Things），持續渴求著活物，這就是人們口中「那些傢伙」——ＢＴ的真面目，而這類地點也被稱作擱淺地帶。

雖懷著「事到如今又能怎樣」的念頭，伊格還是將手伸向駕駛腋下，雙腿使勁，試圖把他從卡車底下拖出來。然而一切都是徒勞。這甚至沒能減輕哭叫著的駕駛的痛苦和恐懼。

「閉嘴！一口氣都別喘！」

他聽見山姆的聲音而轉身。說得對，伊格連忙用手捂住自己的嘴，駕駛見狀也照做。變成十字形的歐卓德克指向他們正上方，定住了。

一如我們看不見ＢＴ，它們同樣也看不見我們。ＢＴ依靠活人的氣息、事物發出的聲響判斷目標，透過摸索來尋求生者。手印即是他們搜捕的痕跡。

就連這點也和守則上寫的相同。

緊鄰著伊格，在翻覆的卡車門上，忽然烙下一道黑色手印。手印緩緩向下移動，ＢＴ近在咫尺，正尋找著活人。

屏住呼吸，保持安靜，扼殺一切生命徵象。這是擺脫眼前絕境的唯一機會。

而符合他們所期望的，手印逐漸遠離兩人。伊格想感謝山姆對他的警告，卻沒辦法實現。

屍袋整體大幅抽搐著，間隔雖愈來愈短，卻不曾停止。綑束屍袋的皮帶發出聲響，一條接著一條斷裂，而顫動的屍袋底下的地面，滲出了黏稠的焦油狀物質。微小粒子持續從袋子裡釋放出來，山姆抬起頭。

「糟糕，已經壞死了。」

也許是這句低語暴露了他的位置，手印轉而朝山姆的方向爬去。不，還是要去接那具剛結束壞死的屍體——它們的新夥伴？伊格有口難言，只能眼睜睜關注著手印的動向。

山姆一屁股跌坐進泥淖，以手摀嘴，緊盯著手印。手印顯得有些迷惑，目標是山姆？還是屍體？

往屍體去吧。伊格在心中祈禱，可是依舊事與願違。手印開始朝山姆移動，不完全的死亡——肉體產生壞死現象的亡者，會執拗地追擊生者。

憋住氣，山姆拖著受傷的右腿不斷後退，那條腿上流淌的血液，在黑暗中仍清晰可見。即使如此，山姆還是給了伊格一個眼神，示意他快逃。手印停了下來，像在思考著什麼，不能錯過山姆給的這個機會，伊格勾在駕駛腋下的雙手再度施力，想把他從車底拖出來。

但或許是身體撐不下去了吧，駕駛發出一聲慘叫，顯然已無法再忍受這種痛楚。宛如受到號召似的，手印再度改變方向，鎖定了伊格兩人。這次似乎擺脫了猶豫，手印一路直奔他們而來，不僅如此，卡車車體和伊格身後都隱約傳來亡者逼近的氣息。他們被包圍了。

鬆開不斷叫嚷的駕駛，伊格站起身。拜託你安靜下來。你的聲音正呼喚著亡者。一旦活著的你被亡者的手印逮到，它們便會緊緊纏住你不放。活人與死人，物質與反物質，兩種不應該相遇的東西拼湊、融合在一起，將會引發大爆炸。

「救命！救命啊！」

駕駛持續尖叫，而那淒厲的聲聲呼喚，證明他還活著。亡者無不被這聲音吸引，從四面八方蜂湧上來。伊格舉起手槍，將槍口對準同事。死人不希罕死人。即使亡者相互擁抱，也不會引發爆炸。

試圖往扣住扳機的手指施力，卻沉重得彷彿不是自己的手。比伊格下定決心的速度稍快，亡者之手終於捉住了駕駛。動彈不得的身體被無形的手從卡車底下拽出來，飄浮在半空中。

「對不起。」

伊格的子彈貫穿了駕駛的前額。當場死亡。亡者們現在想必已對駕駛不感興趣了，接下來該做的事顯而易見。

之後就拜託你了——伊格如此看向山姆。不料在山姆背後，翻覆的卡車上頭，竟然有道人影。受伊格的視線牽動，山姆跟著轉頭看去，由於對方披著斗篷、戴起兜帽，加上四周昏暗，就連長相都看不清楚。那道身影舉起一隻手，指向某物。

血的氣味，死水積澱的氣味，肉和內臟腐敗的魚腥味，這些味道混在一起，一口氣湧了上來。劇烈的頭痛與惡寒。令腸胃翻攪的不適感。

同時，還能聽到一陣陣衝破厚重雲層的咆哮聲。並非獸鳴或吼叫，也不像威嚇，而是一種使立於此地之人心志受挫、惶然不安的聲響。

呈現十字形的歐卓德克，指向半空中某個點。

胸前的嬰兒如抽搐般仰起身，隨即靜止不動。

來了。

腳步踉蹌。這是因為腳下的大地已不再是固體，開始四處流動。液化的泥土絆住了伊格，然而那也並非液體，幾條漆黑手臂從地底冒出來，試圖拉扯他的雙腿。放眼望去，周圍的地面已成了一片焦油之海，原本的地形蕩然無存，所有事物都在不自然地載浮載沉，就像用極端慢動作播放的海平面。卡車緩緩沉入黑浪之間，而站在上頭的人影已經消失了。

一股異常強大的力量攫住伊格的腳，不知為何，他忽然想通了一切。抬頭望去，威脅不在腳下，而是上方。沒救了。一道巨大的人形剪影矗立在眼前，頭部高聳入雲，雙手緊緊抓住連接它和地面的數根繩索，彷彿要撕開地表、拔出地球的內臟般用力拉扯著。至少在伊格看來是這麼回事。

如果被那東西吃了，會導致虛爆（Voidout）。守則上是這麼說的。

壞死的亡者對人世充滿執念——不僅僅是自己的肉體（Ha），所有活物皆然——所以才脫離亡者的世界，擱淺在這。一旦某些具有類似反物質屬性的亡者接觸到活人，便會引發物質湮滅現象。

究竟是誰在經歷了這樣的事情後還能生還，甚至寫下守則？伊格一邊對還能思考這種事的自己感到訝異，一邊大叫：

「快跑！」

他沒有吐出任何絕望的話語，而是命令山姆。對不起，把你牽扯進來了。伊格從胸前拆下圓艙，朝山姆扔去，隨即舉起手槍，用槍口抵住下巴。可是就在他扣動扳機前一秒，腳部被猛力一拽，整個人瞬間成了頭下腳上的姿勢。子彈射向虛空，槍也掉在了搆不到的地方。

「快跑。」

這不是命令，是懇求。快逃啊山姆。至少要爭取到足夠你離開的時間。伊格拔出掛在腰間的匕首，往左胸刺去。然而被圓艙的連接裝置阻礙，他刺偏了。再來一次。刀尖劃開制服，剜出皮肉，磨傷肋骨。再一次。胸肌拚命抵抗，保護心臟不受匕首傷害。再一次。無形的手抓住伊格搖來晃去，想阻止他繼續自戕。

顛倒的視野中，還能看到山姆。他把ＢＢ抱在胸前。

逃吧。帶著那小傢伙一起。

伊格擠出最後的力氣，將匕首插進自己的心臟。沒有痛楚。不如說，沒有任何感覺。意識面對著肉體的消失點，迅速向後方退去。意識從肉體剝離了出來。所謂死亡，並不像開關那樣非黑即白地切換，而是相位（phase）移轉的一個過程。沒有所謂的瞬間死亡。伊格的靈魂明白了這點，換言之，當下這一刻，伊格的肉體還沒有死。

因此，他的身體會被亡者以巨人的形態吞噬。

死者與生者交會，引發虛爆（Voidout）。

巨人和伊格都消失了。它們以極致的效率轉化為能量，吞噬、摧毀、瓦解著周圍的環境。中央結市消失了，山姆・布橋斯和ＢＢ也被物質湮滅的浪潮徹底淹沒。

EPISODE Ⅱ 布莉姬

——BB，聽得見嗎？

有個聲音。有人在窺看自己。分不清是誰的臉，因為對方背著光。是誰——就連如此提問也做不到。發不出聲音。身體無法動彈。雙手雙腳都被束縛住了，無法自由行動。淚水湧上眼眶，卻連擦都擦不掉。

——BB，我會保護你。

聽見這聲音，山姆醒了。

彷彿為了趕走剛才的惡夢，他想一鼓作氣起身，卻被什麼東西拉住，害他狼狽地倒了回去。右手腕傳來一股鈍痛感，原來是被上了手銬，另一頭則固定在床鋪的邊框上。他用力抬起手臂，卻只是加劇手腕的疼痛，手銬則不見絲毫鬆脫的跡象。山姆用未被拘束的左手，抹了抹臉頰上的淚水。

緩緩調整呼吸，環顧四周。從未見過的房間。不知道自己為什麼在這，當然也不清楚手銬的用意。即使扭動身軀，在手銬的限制下，上半身怎麼也抬不起來。

做為從交界回歸的記號，在他裸露的手臂、後背和胸前，應該都留下了亡者的手印。不過更令人擔憂的是手肘內側的針孔。

他知道這麼做沒用，但還是再度抬起右臂。房間裡迴盪著手銬撞擊床架的金屬聲。

「噢，你醒啦。如何？從交界回到活人的世界是什麼感覺？」

忽然有人發問，是一名身穿紅色長外套、包裹住木桶般身材的男子。他的右手腕上也有手銬。

完全沒察覺對方是什麼時候進來的。與魁梧的身軀不符，那人踩著輕盈的步伐走近。抬頭一看，對方額頭上有道水平延伸的巨大疤痕，奇妙的是看上去並不覺得痛，也許是因為眼鏡後的雙眼，透出了和藹的目光。

「放心，我是醫生。雖然以前是驗屍官。」

照他這麼說，那件閃亮的紅色外套是醫療工作服？仔細一看，他的脖子上也有個類似聽診器的裝置。

那人抬起一隻手，扭了扭戴著手銬的手腕。動作宛如魔術師的手勢般輕巧，感應到這指令，山姆手銬的其中一端解開了。雖然總算不再受困在床，手銬本身依然垂掛在山姆的手腕上。

抬起上半身，山姆坐到床邊，輪流瞪著手銬和那名男子。

「叫我亡人（Deadman）吧。我對亡者熟悉得很。說是這麼說，當然還是跟你不一樣，我從來沒死過就是了。」

在山姆的注視下，這名自稱亡人的男子仍未退縮，朝他伸出了手。山姆視若無睹。他既沒辦法碰那隻手，也找不到握手的理由，何況還是個疑似會把昏睡中的人銬在床上的嫌犯。取而代之地，山姆低頭試圖拆下手銬。

「勸你別這麼做。雖然我不是這方面的專家，但這東西能保護你。」

亡人捲起紅色外套的袖釦，露出手腕上的手銬。看樣子是想告訴山姆自己的處境相同。

「我被逮捕了？」

「這不是手銬，是一種高科技裝置，能讓我們互相連結。」

「我們？」面對山姆學舌般回問，亡人示意他看向身後的牆壁。

轉過頭，映入眼簾的是由蜘蛛網和北美大陸交疊而成的標誌。

「你們是——」

「沒錯，布橋斯。」

是錯覺嗎，亡人的聲音聽起來似乎有些驕傲。

「人類通往未來的橋梁，或是免於滅絕的續命繩。」

他呢喃著猶如謎面的語句，指向紅色外套領口。上頭別著一枚與牆上標誌圖案相同的徽章。

「我在哪裡？現在幾點了？」

不曉得是不是沒聽見山姆提問，亡人再度抬起右臂，做出有如魔術師的手勢。手銬其中一側的金屬環鬆開，他向山姆示範道：

「看著，像這樣——」

將鬆開的金屬環再次銬回手腕。來，你也試試看吧。

在他的催促下，山姆將銬環另一端同樣裝備在右手腕上。皮膚傳來一陣刺痛，使他不由得發出呻吟。

「別緊張，就只是銬環跟你的身體相連了而已。銬環會二十四小時監控——應該說，藉此讓我們提供支援。」

浮現在半空中的畫面，顯示出日期和時間，以及山姆的體溫、脈搏、血壓、腦波等等生命徵象數值。

「我昏睡兩天了？」

過往即使是從虛爆中歸來，山姆也從未陷入如此長時間的昏迷。想必一定是有人刻意為之。

「我們趁這段時間，自行採集了你那特殊的體液樣本。」

亡人如此回答，語氣聽不出任何歉意。山姆摸了摸右手臂上的針孔。

「你是『回歸者』，是非常特別的存在。」

不帶一絲愧疚之情，亡人直言道，毫不掩飾對山姆這種連虛爆都消滅不了的特殊體質的好奇心。比起醫生，他給人的感覺更像一位探究知識的學者。然而，萬一山姆的肉體因其他因素損毀，靈魂便無法回到這個世界，也無法前往亡者的世界，只能永遠在交界徬徨徘徊。那是多麼恐怖的一件事，世上恐怕沒人能理解吧。眼前的這個男人當然也不能。思及此，從昏迷的山姆身上抽血、採集體液，應該能解釋成一項純粹的學術行為，受到等同解剖學領域的熱情所驅使。

「屍體焚化部的人怎麼了？」

「中央結市在那場虛爆中全毀了，只留下一個大坑洞。」

閃光在腦海中復甦，山姆不禁咬住嘴脣。閉上眼，耳中彷彿還能聽見伊格和駕駛的聲音。抱歉。他不由得低下頭。

「能從事發地點存活下來的，只有具備不死能力的你，以及當下和你連接著的那個壞掉的布橋嬰。」

亡人淡然陳述著事實，似乎對山姆的能力瞭若指掌，但他既然身為布橋斯的一員，會知道也是理所當然的。

「BB沒事嗎？」

「雖然遺憾，不過既然已失去功能，再留著它也沒用。已經下達廢棄指示了。」

好不容易才從那種地方生還，結果居然要被處分掉？到底在搞什麼——山姆雖一度想責問對方，最後還是把話吞了回去。

另一頭，亡人正凝視著天花板，看似想將雙眼聚焦在遠處的某種事物。

「所有人都被消滅了。屍體焚化小組的伊格、駕駛，布橋斯執行部隊和第二遠征隊也幾乎全軍覆沒。包含布橋斯總部在內，整個中央結市消失殆盡。以你們遭遇ＢＴ、引發虛爆的地方為中心點，周圍區域已經變成了一個巨大的坑洞。虛爆的閃光和衝擊波甚至傳到這裡，就算主結市再怎麼鄰近中央結市，也沒人料想得到會如此強烈。」

亡人摘下眼鏡，揉了揉眼，繼續說：

「有鑑於此，這座主結市本身，以及這個位於索德柏立的分部已經升級成總部了。至今兩天過去，現況仍是一團亂。幸好事發當時幾位長官和若干部隊避開了虛爆，指揮系統才不至於全毀。」

他的語氣聽起來也像是在安慰自己。中央結市和主結市是東岸規模最大的兩座城市，且地理位置相近，只有中央結市遭到毀滅，或許可說是不幸中的大幸。

「你才剛醒來很抱歉，但我有個工作要交給你。」

亡人放鬆表情，彷彿之前一臉的苦澀都只是幻覺。山姆仍在尋思該如何回話，ＢＢ、伊格、結市、布橋斯執行部隊，當中還殘留在這世上的，又只剩他一個。

「那就是回歸者的烙印嗎？」

不知何時繞到了山姆身後，亡人毫不掩飾好奇心地問道。先不論對方在自己昏睡期間的所作所為，山姆實在無法討厭這個人。他驚訝地發現自己竟然會這麼想，一般情況下，他會用沉默築起一道高牆來疏遠對方，此刻卻放任亡人盡情觀察自己滿是手印的身體。又或者，山姆把這當成是對罹難者一種最起碼的贖罪，而身上的無數手印，則是他所背負的罪與罰——不斷重複著死亡與重生的紀錄。恐怕在背上某處，亡人所注視的位置，又留下了一道嶄新的手印，記述著兩天前所發生的虛爆，以及從中歸來的他。

亡人以醫師觸診似的姿態伸出手，指尖散發的生物氣息，令山姆下意識縮回臂膀。有如動物逃離獵食者般，是種發自本能的動作。

「這樣啊……」

既不生氣也不驚訝，亡人點了點頭。

「你有接觸恐懼症（Aphenphosmphobia）？所以才獨自一人……不，總是和他人保持距離嗎？」

山姆終究放棄了回話。他無疑是孤獨的。不僅不被死亡接納，就連活物都觸碰不了。

「我會注意的，山姆。」

手掌一陣游移後，亡人指向放在房間角落的貨架：

「有個緊急的配送任務要交給你。」

上頭擺著一件快遞用的貨箱，尺寸接近一只小型的公事包。

「我想請你送些嗎啡給總統。」

「哪來的總統？美國都沒了。你是在說已經消滅的中央結市的市長？」

「不，不是市長。美國還沒倒下呢。總統罹患癌症末期，病情很嚴重，但仍堅守在人世。」

山姆的諷刺對亡人並不管用。

「為何是我？」

「去了就會明白了。你有理由也有責任把這件貨物送到對方手中。」

「為什麼你不自己去。」

聳了聳肩，搖了搖頭，亡人對山姆露出微笑：

「因為我其實不在**那裡**。」

亡人走近山姆。額頭上的那片傷疤在山姆的視野中蔓延，能看見凸起的縫合痕，以及位於髮際、帶著一絲汗水而微溼的髮根與汗毛。即使如此，亡人還是直逼他而來。他側身想躲避對方，呼氣、體味、體溫——這些都是患有接觸恐懼症的山姆最排斥的事物，身為活人的證明，然而此刻卻一樣也沒感受到。是嗎，原來這傢伙（Deadman）真的已經死了？山姆短暫釋懷，不過這樣的念頭立刻就被推翻。

亡人的身體，直接穿過了山姆。

略顯自豪的聲音從身後傳來，彷彿魔術師騙過了全場觀眾：

「抱歉，這只是全像投影。真正的我其實位在一段距離外的隔離病房內。」

亡人比向牆的另一頭，走近貨架：

「嗎啡在這。」

他將手伸向小型公事包，像是要把它提起來，卻什麼也沒抓住。

「自由送貨員山姆．波特．布橋斯。目前你與布橋斯屬契約承攬關係，在此委託這件配送任務。」

明顯是個藉口。山姆搖搖頭，瞪向其實不在現場的亡人：

「病房裡一定也有嗎啡吧。你們到底想做什麼？」

這則故事究竟從哪個地方開始？山姆問自己。是誰編造的？又有多少部分已經實現了？

「好吧。我老實告訴你，真相就是總統想見你一面。」
山姆並不驚訝。
「美國的最後一任總統，正在等著你，山姆。」
所以是和總統極為親近的人，杜撰了這個故事。只要去了那裡，不僅會見到總統，也會見到這名謀士。山姆十分篤定。
因此，他決定照亡人的指示去做。這樣就能搞清楚亡人是否真的是個魔術師了。山姆提起貨箱。
「很好，那就這樣吧。我們晚點在隔離病房見。」
亡人深深點頭，他那龐大的身軀無視重力，輕飄飄地浮了起來。長外套的紅色逐漸膨脹而失去輪廓，包裹在其中的肢體則分解成近乎無限的碎片，以粒子狀逸散。空氣中只留下一抹微笑，亡人失去蹤影。
山姆．波特．布橋斯為了將包裹送達目的地，轉身走出房間。他只是在履行一名送貨員的職責。

★

／／主結市／隔離病房

透過螢幕，亡人靜靜地注視著那間房。山姆離開後，房內已空無一人。
能感覺到身旁站著誰，但他沒有特地轉頭確認。始終在等待山姆的那名男子，與亡人並肩望向螢幕。

山姆很快就會抵達這裡。遵照布橋斯替他設定的路線，前來配送包裹。

他究竟是懷著怎樣的心情，徒步走向這棟隔離病房大樓，很遺憾亡人無從得知。但也無妨，今後想必會和山姆建立一段長久的關係，只要能一步步地去理解他就好了。

三年前，當亡人正式加入布橋斯時，山姆．波特．布橋斯這個名字就已經多次被組織高層私下提起。未受雇於任何單位，卻是獨一無二的傳奇送貨員。從人類史上最大的災厄「虛爆」中生還的回歸者。據說要是沒有身體供他返回人世，他將永遠迷失在交界中——換言之，山姆的靈魂無法前往死後的世界。從這層意義來看，他可算得上是一名不死之人。

過往雖聽說不少關於山姆的傳聞，那些終究只是對死亡擱淺這一無解至極的現象，所虛構出的假想疫苗，亡人一直如此認為。山姆是基於人類的冀望而誕生的架空人物。然而布橋斯的成員，無不堅稱他是真實存在的。倘若如此，真希望能見見他，徹底研究他，瞭解他。屆時便能釐清亡者和生者之間的關聯，也能與背負著「亡人」這個工作代號的自己達成和解。好想見山姆。期待成了願望，又逐漸深化成渴望。

那值得紀念的初次碰面，其實還沒有實現。出現在山姆面前的只是亡人的全像投影，真正的相見歡應該很快就會來臨。

「山姆在來的路上。」

亡人朝身旁男子說了一句，隨即遠離監視螢幕，踏出房門。他必須做好迎接山姆的準備。

身穿紅色制服的護理師和醫生，從電梯候梯廳前經過，擦身時聽見的交談內容都是關於總統的病況。

一邊朝候梯廳走去，亡人不自覺整理了一下外套的領子。山姆很快就會下來，再過一會，電梯的指示燈和電子提示音就會宣布他的來到。

「山姆，是我。亡人。」

他朝走出電梯的山姆伸出右手，但很快便意識到這是個錯誤。

無視亡人咕噥著「也對」，山姆默默地把裝有貨物的箱子遞出來。

「總統的病情惡化了。」

亡人收下後順手檢查內容物，以安瓿充填的嗎啡整齊地排成一列。

「謝謝。這應該可以稍微緩解疼痛，也能讓她最後跟你說些話。」

山姆的表情瞬間暗了下來。

「『她』？」

「是啊。美國第一位和最後一位女性總統，也是養育你長大的人。」

山姆不意外地陷入了沉默。雖說能預料得到，但亡人突然被一種無法解釋的不安籠罩。

這個男人是山姆・布橋斯嗎？如果是他，照理清楚美國現任總統是位女性，還是自己的至親才對，那麼這個後知後覺的反應又是怎麼回事？難道是山姆以外的某人嗎？還是有意否定自己是山姆這項事實？

亡人開始走動，山姆默默地跟在他身後。

在門前用銬環裝置感應、取得入內許可後，亡人讓出通道，催促山姆踏進房間。

歡迎。

那是設置在隔離病房大樓地下室一隅的辦公室（Oval Office）。

美利堅合眾國的總統們，無不在這處橢圓形的聖地向這個國家奉獻一切；歷代領導人被理念與現實翻攪而嘔心瀝血的場所；為了這個沒有神的國度，準備好最頂級牲禮的祭壇。在它中央，放著一張設有頂篷的病床。

亡人再往旁邊挪了挪身子，好讓山姆能看到，身後因此傳來屏息聲。

來，往前走吧。他用眼神告訴山姆。

山姆感到耀眼似地瞇起眼睛。在床的另一頭，有扇高度幾乎直達天花板的大窗戶，光線自窗外灑進室內，一名男子佇立在床邊，背對著兩人。

「那是總統的左右手，布橋斯的指揮官。」

亡人從山姆身後貼近他耳邊，低聲說。

似乎察覺到他們的氣息，男子轉過身來。那個比任何人都還熱切地等待著山姆的男人，早已退役、卻依然保持著軍人體魄的男人，臉上戴著一張鐵面具。

「頑人？」

對了，這兩人並非第一次照面。他們認識彼此的時間，遠比我要長多了。亡人穿過山姆身旁，朝病床走去。

他看著床邊整齊擺放的人工呼吸器、心電圖、ＡＥＤ和醫療設備，再凝視有如中心點般癱在床上的病患。數根連接呼吸面罩、點滴、血壓和心律測量器材的管線，從患者瘦弱的身體延伸出來。那副模樣看似一隻受困於蜘蛛網上的蝴蝶，然而並非如此。她才是位於網巢中心的女郎蜘蛛。縱使虛弱，但這位女性正是用纖細而堅韌的蛛絲，將這片瀕臨死亡的大陸重新連接起來的領導者。

頑人向站在門口附近的山姆走去。一邊將視線保持在床上，亡人豎起耳朵聽著。

「沒想到會以這樣的形式再見到你，山姆。真是諷刺。」

隔著面具，頑人悶濁的嗓音響起。

「相隔十年了嗎？畢竟我們兩個都是死不了的怪胎。」

等了一陣子，仍聽不見山姆有任何回應。呼吸器和心電儀傳來的規律電子音效，更加襯托出那片沉默。

「連招呼也不打嗎？總統——你的養母在等你。沒錯，是布莉姬。她現在神智不太清楚，但我相信她會認出你的。」

亡人在一旁操作病床，撐起總統的上半身。見她緩緩睜開眼皮，亡人湊近那張因病痛而糾結的臉，低聲說：

「山姆來了。」

總統聽完微微一笑。待亡人招手，山姆才終於走到床前。總統先是發出一絲不適的呻吟聲，隨後認出了山姆。她伸出瘦弱的手臂，試圖取下氧氣面罩——請別這樣，總統女士——亡人本想勸阻，卻察覺一道目光而抬頭看去。頑人默默點了點頭，尊重她的意願吧，像是在這麼說。

於是亡人輕輕地替總統摘下了面罩。

從喉嚨深處擠出支離破碎的聲音，總統的臉色比剛醒來時更加蒼白了。

「不打擾你們兩位。」

亡人貼近山姆耳邊悄聲道，隨後離開床邊，騰出空間給他。

「好久不見，山姆。我就知道你會回來。」

聽著背後傳來的話語，山姆目送亡人與頑人一起走出辦公室。

接下來，在這間房內，將是一位剛從死後世界歸來的兒子，與一位窺探著死亡深淵的老母親的團聚時光。

亡人凝視著兩人的身影，直到被關上的門遮掩。

★

／／／主結市／總統辦公室

「你過得好嗎？」

總統問道。然而，提出這問題的人本身的生命之火似乎正在逐漸熄滅。她臉上帶著溫和的笑容，目光卻不穩定地游移著，伸出右臂確認山姆的位置。山姆稍稍遠離床鋪，啞然看著那瘦骨嶙峋的手臂。

最後，總統無力地閉上眼。現場唯一能聽到的，是醫療設備發出的電子噪音，以及她的呼吸聲。靠著眼角餘光，山姆瞄到有什麼東西在動，他瞥向床對面，一枝古色古香的羽毛筆插在辦公桌的筆架上。總覺得在哪看過那枝筆。羽毛規律地擺動，彷彿總統的呼吸和它是同步的，每當她吸氣、吐氣，羽毛便隨著那節奏上下起伏，山姆的目光無法從那個動作移開。

「我知道你恨我。」

忽然，羽毛靜止了。

「亞美利……」

「亞美利？」

「你還記得亞美利往西岸去了吧。她花了整整三年才橫越大陸，希望能重建這個國家。」

山姆聽完不禁咬牙，將眼別開。目光又一次被桌上的羽毛筆吸引。

「你們還不打算放棄嗎？」

「我本來想派你去，山姆。可是已經沒時間了。」

總統痛苦地吐出一口氣。

「幫幫亞美利，山姆。」

山姆執拗地只盯著那枝羽毛筆，看它再度動了起來，彷彿在祈禱似的。

「她需要你。」

山姆搖了搖頭，但從總統的角度看不見。

「為了重建美國。」

忽然，一段記憶湧上心頭。過去布莉姬曾告訴過他，那是美國開國元勛們在簽署《獨立宣言》時，所使用的羽毛筆。是這位病入膏肓的總統，從歷代先賢手中繼承下來的遺物。

「除非重新連結起眾人，讓合眾國再度完整，否則人類將會滅亡。」

「已經沒人需要什麼合眾國了。」

「當然需要，繼續孤立就沒有未來。」

總統扯開嗓子反駁，聲音猶如一枝壞掉的笛子。也許是強忍著痛苦的緣故，她緊緊閉上眼，山姆不願繼續看那張臉而移開目光，視線再次被羽毛筆吸去。他多麼想一把抓住那件此刻動也不動的古董，將它折成兩半。

「美國的時代已經結束了。布莉姬，妳這總統早就名存實亡了。」

總統的眼睛緩緩睜開，直視著山姆。

「求求你，山姆。」

左手腕傳來一陣灼痛，令山姆想抽開手臂，卻根本動不了。就像掛在身上的是別人的手，唯獨這份疼痛屬於自己似的。他驚覺這是因為布莉姬抓住了他的手腕。

「山姆！」

她的大吼聲迴盪在辦公室，手始終沒有放開山姆的手腕。

山姆的左手因為接觸恐懼症引發的反應而變得暗紅。為了甩開對方，他大力扭轉身子，卻因此拉得布莉姬摔下病床。連接在醫療設備上的電線和管子應聲扯斷，點滴架倒向辦公桌，就這麼朝羽毛筆砸去。那束縛著布莉姬的可恨之物，這下終於要斷了——

不料，羽毛筆竟文風不動。就像在說沒有什麼能傷及美國分毫，而這枝寫下建國誓詞的筆，將永遠記述著不朽的美國夢。

布莉姬癱在山姆身上，那份與美國難分軒輊之重，壓倒了山姆。他支撐不住，一屁股跌坐在地，布莉姬以無法想像是位病患的力道緊抱住他，手指觸到了他的右手腕，一道光因此照在布莉姬臉上。

「看來你還是願意幫我。」

「不對，這是——」

山姆甩開布莉姬的手，想把戴在手腕上的銬環拆下來，布莉姬微笑盯著他。沒關係，我都明白。銬環是布橋斯的象徵，也是宣誓重建美國的信物。我並沒有，山姆搖頭。布莉姬淺淺一笑，將目光轉向地面。

有張照片掉在地上。就是差點在山洞裡弄丟的那張。年輕的布莉姬，被夾在尷尬微笑的山姆、和一位面容沾上時光雨滴而消失的女子之間。謝謝你，山姆。他察覺到布莉姬的呢喃。看來你還沒完全捨棄過去……布莉姬想必是這樣理解的。無人能反駁這種解釋，要說為什麼，因為這裡是總統辦公室。這房間的主人，以祭品之姿決定這個國家的命運。

——**我在冥灘等你**。

又聽見了。山姆仰起脖子尋找聲音來源，卻被響徹房內的警報聲掩蓋，再回神已不聞那低語。房外傳來一陣騷動。

★

右手腕上的裝置突然劇烈震動起來，令亡人微微發出驚呼。顯示器上跳出生命徵象異常警告，當他抬起頭，已經可以看到指揮官開門衝進辦公室的背影。他急忙追進房內，直達天花板的大窗戶被染成黑色，宛如要保護病床而架起的頂篷也像融化的糖果般塌了下來。辦公桌亂得像幅不管透視技法的抽象畫，只有一枝羽毛筆以巧妙的平衡挺立在桌面上，惱人的警報聲不絕於耳。

「總統女士！」

頑人呼喚倒臥在山姆身上的布莉姬，山姆茫然舉著雙手，就像一名投降的敵兵。

頑人抱起布莉姬的身體，將她安置回床上，亡人則和趕到現場的幾名護理師一起展開急救。他們幫布莉姬戴上氧氣面罩，啟動AED，持續在耳邊呼叫她的名字。

然而，沒有任何效果。布莉姬的身體產生變化，開始變成亡人熟悉的狀態。體溫流失，靈（Ka）魂（Ha）正逐漸離開肉體。

能聽見啜泣聲。

抬起頭，只見布橋斯的幾位夥伴已聚集在現場，為布莉姬哀悼。他們分別從遠離主結市的各據點趕來，見證美利堅合眾國最後一位總統的離世。

美國已經死了。就這樣死在沒有血緣關係、且才剛返回人世沒多久的兒子眼前。那個兒子背倚著牆，失神地看著這一切。他裸露的手背上有道嶄新的手印，那是不久前還一息尚存的總統，被他發自生理抗拒肢體接觸的證明。她曾活過的痕跡，就這樣留在山姆手上。

「聽著，不能讓任何人知道總統過世了。如果她的死訊曝光，布橋斯將會崩潰。除了在場的人，剛剛發生的事情絕對不准外流。」

頑人在耳邊悄聲道，亡人點頭回應後，又看了看布莉姬。她的死對於重建美國的反對派人士來說，無疑是則喜訊。做為還相信美國的人們的重要支柱，失去她，意味著一切都將土崩瓦解。

房間裡的照明一陣閃爍，床鋪的頂篷扭曲之後消失了。辦公桌、沙發、鋪在地上的地毯也是，一樣接著一樣消失；牆上的肖像畫、曲線優美的設計窗、輕柔搖曳的窗簾和做工精緻的房門，全都不見了。取而代之的是反射著暗淡光線的無機質地板和牆壁。就連床本身也被抹去裝飾，變成一張只注重機能性的醫療用床。

唯一還能與總統辦公室連結的，是垂掛在立桿上的美國國旗。

未免對應得太快了吧？亡人在心中咂舌。總統一成遺體，負責演出橢圓形辦公室的全像投影立刻就停止了。那幾位夥伴——從遠端轉投過來的影像，也在不知不覺中消失。此處已恢復成一間單純的病房，不，並非如此，這間房間現在是停屍間。必須迅速、確實地處理遺體才行，即使貴為一國之尊，只要是人都一樣，死亡會平等地造訪眾生。

遺體相關事宜是亡人的職掌範圍，在未完成規定的處置程序之前，他甚至不能為總統的死而悲傷。向工作人員下達指令後，亡人自己也試圖聯繫屍體焚化小組，卻被指揮官制止了。

指揮官在瑟瑟發抖的山姆面前彎下腰，注視他的臉。

「山姆，總統在最後跟你立下約定了。」

他的語氣很平靜，顯得不置可否。山姆抬起頭來，打量著指揮官。

「你在說什麼？」

「身為布橋斯的成員，你有責任跟我們一起重建美國。」

指揮官指了指山姆右手腕上的銬環。在山姆昏迷期間給他戴上的人，是我。而命令我這麼做的，是指揮官。

——原來如此。回想至今為止的發展，亡人意識到了自己的作用。

「你們又打算把我綁住？就像布莉姬做過的那樣？」

山姆試圖拆下銬環，同時低吼著。指揮官點頭：

「或許正如你說的。」

果然不出所料。指揮官早就知道會發生這種情況。如果是這樣的話，我也得盡自己身為布橋斯一員的職責才行。

亡人朝指揮官的背影開口，藉此讓在前面的山姆也能聽見：

「指揮官，癌細胞已經轉移到總統女士的全身了。器官摘除或解剖都不切實際，也沒必要進行驗屍。我們得趕在遺體壞死前進行火化。」

「是啊，再拖下去，這地方就會變成另一個坑洞。」

回答過程中，指揮官也始終盯著山姆的臉。亡人點了點頭，在指揮官身邊蹲下：

「聽著，山姆。我們缺乏能立刻出動的送貨員。」

皺著眉頭的山姆瞪向亡人。

「伊格走了，其他的屍體焚化小組成員也都因那次虛爆全滅了。」

山姆不禁撇開視線。追著他的目光，亡人繼續遊說。

「但總統的遺體非火化不可。並非單純搬運就好，這件工作只能拜託……不，只有你這位天賦異稟的回歸者能勝任。虛爆大幅改變了這一帶的地形，從主結市通往焚化爐的道路已經沒了，現在只能一邊摸索路線，一邊徒步走去。」

「所以為什麼是我？」

「山姆，你已經是布橋斯的一員了。」

亡人說著，指了指山姆的銬環。山姆揮動右手，將它砸在地上，只有一聲沉悶的聲響迴盪在房內。指揮官在山姆再次舉起手臂時抓住了他，他的手臂立刻漲紅，但指揮官裝作沒注意到，開口說：

「去完成配送任務吧。山姆・波特・布橋斯。」

——總統是美國重建的象徵。

指揮官一邊將總統的遺體移入屍袋，一邊說著。

「自從上任以來，她始終強烈呼籲要重建合眾國。致力於此一目標的組織『布橋斯』的創辦人也是她。最高規格的葬禮絕對是她應得的，但我們辦不到。她的死，等同於美國的滅亡，而布橋斯也將跟著殞落。所以總統的遺體必須祕密火化，絕不能讓人知道。」

「就算順利隱瞞，也沒人能接任了。」

山姆對此提出異議。

「你們最好放棄再搞什麼重建。」

就跟自己還在的十年前沒兩樣，依然是拋頭顱灑熱血地抱著相同的信條而活。對於這群人的執念，如今山姆只覺得倒胃口。

「山姆，美國還沒死呢。」

反駁他的是亡人。

山姆不禁吊起眉毛。布莉姬的死等同於美國的滅亡，頑人剛不才說過的嗎？

「什麼意思？總統已經死了。」

「是這樣沒錯，但美國還活著。況且仍有繼任總統的合適人選。」

「你說什麼？」

指揮官出聲打斷山姆的追問。

「現在先別談這個。你要知道的只有一點，山姆，那就是我們將繼承總統的遺志，繼續執行合眾國重建計畫，這就是布橋斯存在的意義。而第一步就是把總統的遺體送到焚化爐。」

「是啊，山姆。即使是總統，再繼續放置下去遺體也會壞死。」

亡人附和道。

「我們已經失去中央結市了，不能連主結市都遭到毀滅。你是唯一一位能阻止這件事發生的送貨員。」

語畢，亡人抬起屍袋，由指揮官從旁支撐著，讓山姆將其背在背上。

從主結市出發至今，已經過了將近兩個小時。拜先前渡河之賜，工作服的褲管黏在腿上，走起路來很彆扭。雖說有防水加工，畢竟是穿了很長一段時間、飽經磨損的舊褲，隔水性早已不足。

不過如果繼續順利前進，應該在幾小時內就能抵達焚化爐。本來應該駕駛運屍車的，但虛爆造成的坑洞阻絕了道路，這意味著只能徒步搬運。況且他還被迫獨自前往，以便隱瞞總統的死訊。

右手腕上的銬環發出震動，是亡人的來電。山姆不由自主地咂了下舌。

那些傢伙稱這些手銬為終端裝置，宣稱不會對他造成任何束縛，而是一件能隨時聯繫並提供保護的小工具。然而山姆無法自力解開它，既然如此，不管用什麼冠冕堂皇的理由，這不過都只是用來拴住他人的鎖鏈。

『山姆，聽得見嗎？』

他們並不考慮對方的意願。自稱為橋梁（Bridges），卻不顧與之相連的另一邊有何感受。所以山姆什麼也沒回。

『看來還算順利。不過仍要小心，你再幾分鐘應該就會接近擱淺區了。』

「嗯，知道。」

這是他首次探勘這條從主結市到焚化爐的路線，但不代表對這一帶很陌生。過去幾個月裡，主結市和中央結市周邊地區的貨運需求持續增加。北美大陸東岸——此處曾是美國的政治及經濟樞紐，這也是為什麼布橋斯將據點設在這，總統也長期坐鎮指揮。對於山姆來說，這是一個帶有苦澀回憶的地方，也是讓他回想起童年純真時光的地方，所以他才被吸引到這裡來。從沒想過自己竟會背負如此「重擔」。

『嘿，山姆。呃，其實不太好這麼問，但你有感覺到任何壞死的跡象嗎？總統是癌末病患，癌細胞早已擴散至全身，這有可能會縮短壞死發生前的時限。』

亡人的話使山姆感到焦躁。逼別人搬運遺體，然後才來說些你還好嗎之類的風涼話。就是這種態度，讓人覺得嘴上說是保護，卻處處在扯後腿。

「我知道擱淺地帶在哪，也清楚要如何繞過它。雖不曉得布莉姬什麼時候會壞死，但責任不在我。反正你或我其中一方運氣不好就一起完蛋。」

『也對，抱歉啊山姆。一般情況下，壞死多半發生在死後四十八小時左右，但並非絕對，也曾有過提前的案例。所以，我很擔心你。』

從亡人語無倫次的嗓音中，感覺不出一絲謊言或話術。他是認真在擔心山姆和那具屍體有可能壞死。

「我不會叫你相信我，但你們丟來的委託，我會處理到好。這一切結束後把我的手銬解開，跟你們的聯繫就到這件委託為止。」

冷靜且不帶感情的回答，至少山姆自己是這麼認為。亡人發出一陣含糊的笑聲，切斷了通訊。

一陣風吹過，拂動彷彿綿延到大地盡頭的草原。只要通過前方的丘陵地，就是目的地焚化爐。為了多少防止火化屍體時產生的開若爾物質飛散，焚化爐建置在盆地裡，而亡人在無線電中指出的擱淺地帶——BT不斷徘徊、生與死緊密相依的特異地點，其實就位在焚化爐旁。說實話，很難精確掌握範圍，山姆只能根據自身經驗和感知BT的能力，大致推敲出該區域。

背上的布莉姬遺體，目前似乎並沒有什麼異狀。她才辭世幾個小時，亡人擔心的異常快速壞死情況看來不會發生，沒必要驚慌失措。這不像先前陪同屍體焚化小組的伊格前往時那樣緊急，雖然得多花些時間，還是應該繞過擱淺地帶再往焚化爐走。山姆閉上眼，集中意識，把自己的全身當成天線般繃緊神經。

深吸一口氣後，山姆邁出腳步。

為了將布莉姬．斯特蘭——不是做為美利堅合眾國最後一任總統，而是養育山姆長大的一位女性與至親——送往亡者的世界，避免讓她陷入迷途。

★

／／主結市近郊／焚化爐

穿過兩座垂直斷崖間的隘路後，視野豁然開朗。

往下方看去，眼前是一整片碗缽狀的地形，一座彷彿巨大漏斗倒扣般的建築座落在正中央，那就是他此行的目的地，焚化爐。

山姆抬了抬雙肩，調整背上貨物的位置。他按計畫迂迴避開擱淺地帶，屍體也沒出現任何壞死跡象，接下來要做的就只剩交貨。再一會就結束了。火化遺體，將她的靈魂(Ka)送往亡者的世界。如此一來她就不會再回來了。這就是一切的尾聲。美國，以及這場重建美國的惡夢。

焚化爐的大門對山姆進行掃描，並允許他進入。他走進建築內，粗大的柱子等間隔排列，敷衍的照明為單調空間增添一絲點綴。

感應到山姆靠近，一根柱子從地面伸了出來。那是控管物資點交和收納的集貨終端機。在這個象徵人類死亡之地，人生的終點站，人也被當成了貨物對待。抽去靈魂(Ka)的肉體(Ha)不過是件東西罷了。平時只有屍體焚化小隊的人會來，由於沒有駐點人員，設施本身缺乏維護，窗戶上的玻璃碎了就放著不管，龜裂的水泥地面也沒有半點要修補的跡象。完全不像是個用來埋葬人類的地方。

遵循終端機的指引，山姆卸下背上的貨物，將其抱到指定地點。地板緩緩滑開，露出一個凹槽，他在終端機的催促下把屍袋放妥，任務完成。

就在這時，一片白色的物體從他的肩膀上輕輕飄落。是根羽毛。布莉姬辦公桌上的羽毛筆——不可能。那不過是將病房偽裝成辦公室的一種演出手段，是沒有實體的投影才對。山姆搖了搖頭，羽毛翩翩落在屍袋上，防火玻璃門隨後關閉，火舌從噴孔中竄出。羽毛瞬間便被燒毀，點燃屍袋，火勢開始蔓延到袋子底下的肉體(Ha)。永別了，布莉姬。妳能返回的肉身(Ha)很快就會消失；妳的靈魂現在可以安心前往亡者的世界了。願妳帶著自己冀盼的美國夢，一路好走。

回過神，山姆發現自己已經閉上了眼。

為垂死的美國送終，在這場埋葬舊世代夢想最後的儀式中低頭默禱。這就是終點。美國已經玩完了。沒必要也沒意義再去背負她。

睜開眼後，山姆轉身離開這個象徵美國末日的地方。

『山姆！』

銬環響起，是亡人的聲音。

『謝謝，不過還有件事要麻煩你。』

彷彿要蓋過他的聲音，一道雷聲響徹雲霄。是時間雨的徵兆。山姆皺了皺眉，布莉姬的遺體焚燒後釋放出開若爾物質，使這個區域的開若爾濃度一口氣升高了。照這樣下去，毫無疑問會降下一場時間雨，倘若如此，現在可沒空去聽亡人還有什麼請求。

『山姆，把另一件貨物也燒了。』

這次是頑人的聲音。另一件貨物？銬環震動了一下，在空中投影出的螢幕上顯示對山姆的委託。一項是火化布莉姬的屍體，另一項則是燒毀BB・28。

『那是屍體處理小隊的伊格所使用的BB，山姆。』

又聽見了亡人的聲音。山姆不太明白。

『我們在坑洞發現歸還的你時，這裝置和你連接在一起。』

山姆檢查了一下後背架，發現上頭還有一只小行李箱，裡頭放著伊格託付給他的BB圓艙。這東西怎麼會在這？

『已經決定要廢棄掉了。』

山姆取出圓艙，拿在手上察看。一名胎兒漂浮在灌滿艙內的人工羊水中，像在游泳般擺動著手腳。

『根據布橋斯內部的見解，總部和中央結市會遭到毀滅，全都是因為這東西失職。』

「但它還活著啊。」

『那只是一件設備，生死觀並不適用在它身上。何況已經修不好了，離開圓艙，它也活不下去，只剩處分一途。』

並非殺生，而是銷毀的意思嗎？山姆又看了看圓艙裡的ＢＢ。竟然要把這樣的孩子燒掉。怎麼看他都只是個嬰兒，不是什麼設備。

『指揮官已經簽署了命令。』

雷聲震耳欲聾。那是一記撼人肺腑的巨響。銬環陷入靜默，亡人的通訊疑似被切斷了，設施裡所有的照明一下子熄滅，焚化爐被籠罩在黑暗之中。是斷電現象。外頭開始下起時間雨。

能感覺到氣溫急遽下降。山姆的背和頸部起了一整片雞皮疙瘩，那些傢伙來了。嬰兒也在他胸前的圓艙裡瑟瑟發抖。山姆盡量不發出聲音地移動到窗前，以便觀察戶外情形，雨水激烈地打在帶有裂痕的玻璃上，玻璃表面開始液化，沿著窗框流了下來。

此時，一道黑影猛然出現，重重撞上窗戶。是一隻大手掌。山姆憋氣向後退去。它們來了。屏住呼吸，把注意力集中在窗外，察覺到時雙頰早已流下兩行淚。

手印順勢動了起來，想搜尋室內有無人煙。起初它們順著窗框摸索，隨後便找到了玻璃的破口，進到屋內，從牆壁一路爬到地面。

山姆朝著手印的反方向持續後退，背靠著牆，向入口處潛行過去。每走一步都感到毛骨悚然、渾身發冷和反胃。外頭的雨勢持續增強。就算想看，他也看不見那些傢伙，山姆於是閉上眼，用全身去感應對方的氣息。

一股強大的壓力反饋而來。此刻在焚化爐四周，恐怕已被十幾具擱淺體(BT)團團包圍住了。來不及火化便陷入壞死的亡者，正朝這一帶蜂擁而至。

『山姆，你狀況如何？開若爾濃度還在繼續升高！』

突然，無線通訊再度響起，使山姆的耳膜一震。是指揮官的聲音。一個地區的開若爾濃度，與趨近亡者世界的程度成正比，意味著眼下此處已無比接近亡者的國度。只要名為山姆的活人不離開，這些亡者就不會放棄。要是再不做點什麼，等待他們的將是另一場虛爆。絕不能讓這個地方變成坑洞。這裡是布莉姬的遺體最後的落腳處，不僅僅是她，也是總結許多人人生的場所。

唯有這裡必須守住。

被他抱在腋下的圓艙中，嬰兒微微一動。沒錯，也得保護這傢伙才行。現場唯二的活物就是山姆和ＢＢ。

有個好辦法。

山姆取出收納在圓艙內的臍帶（cord）。雖不確定是否真的管用，但他們曾一起從交界回歸，代表這傢伙和自己還算契合。山姆將臍帶前端插到位於自己腹部的接頭上。

什麼事都沒發生。他檢查了一下線路的連接情形，搖了搖圓艙。嬰兒依舊閉著眼睛泡在人工羊水裡，沒有要回應的感覺。難道這傢伙真的是瑕疵品？還是已經壞了？

——喂。

沒有實際發出聲音，而是在心裡默念。喂，跟我一起回去吧。

隨後他聽見了寶寶的笑聲。

一陣電擊從下腹部經由尾椎骨，順著山姆的脊髓傳了上來。大腦在尖叫，爆發的意識洪流撞碎顱骨、沖破頭皮，令身體的輪廓消失無蹤。他看見BB在圓艙中露出笑容的幻象。山姆也回以微笑，劇烈膨脹的意識囊括了BB，逐漸收斂起來。能夠清楚地感受到，自己和BB已聯繫在一起。

左肩上的歐卓德克啟動，開始偵測亡者。

山姆已能看見它們被雨淋的模樣。

這是何等光景——他倒抽一口氣。遠比想像的還要驚人。半空中飄蕩著人形的輪廓，藉由像是從地底長出來的臍帶狀物體連接著。定睛一看，可以發現它們都是由細小的微粒集合而成。微粒一邊不規則地蠕動，一邊凝聚成人的姿態。這些傢伙看不見我們。它們只能察覺到活人換氣和發出的聲響，所以山姆別無選擇，只能盡可能地扼殺存在感，不被對方捕捉到。幸運的是，他有個ＢＢ跟著。平時最多只能感應到亡者存在的異能，透過ＢＢ得到擴展，簡單來說，變得能夠目視了。

山姆用右手捂住嘴，憋住呼吸，踏出焚化設施。

瀑布般傾盆的時間雨立刻浸溼全身。難以預測蓋住頭部的兜帽能帶來多大的防雨效果，要是再拖拖拉拉下去，身上的送貨員制服就會劣化，底下的皮膚會變得像個老人。雨勢就是如此猛烈。他壓低姿勢，沿著焚化爐的外牆移動。

歐卓德克前端帶著藍白色光輝，神經質地一開一合，偵測著亡者四處飄流的空間。對方還沒發現我們。只要沿著牆邊一直走，就能通過那些傢伙聚集的這個區域。

山姆輕撫胸前的圓艙。拜託你了，ＢＢ。彷彿要回應這句話，歐卓德克忽然指向山姆的正前方，變成十字動也不動。警示的紅光亮起，本來待在前面的傢伙居然靠過來了。山姆再度憋氣，將身子壓得更低，後頸的頭髮燙得像是要燒起來似的。一股腥臭味刺激著鼻腔。

頭上不遠處的外牆猛然一震，不用看也知道，牆上想必留下了黑色手印。絕對不能動。只能等待一切過去。

由於憋氣過久，山姆感到頭暈目眩，視野開始扭曲，雨聲聽起來也變得好遙遠。地面液化成黏稠的焦油狀態，無形的手順著牆面向下爬，在山姆的身旁留下一道手印。此時地板的溝槽冒出一條紅線——那是山姆的血，不小心從靴子的裂縫滲了出來。

看不見的手似乎有點疑惑，戰戰兢兢地伸出，卻又立刻縮回，深怕去碰到什麼不該碰的東西似地改變方向，就這麼遠離山姆。過沒多久，歐卓德克解除十字，看來那些傢伙暫時往反方向去了。山姆把握住機會，微微拖著一隻腳，在時間雨中重新展開移動。

隨著雨勢減弱，前方的天空變成乳白色，歐卓德克也完全靜止下來。山姆的五感恢復正常，代表他們已經脫離擱淺地帶了。

圓艙裡的BB渾身軟綿綿地吸著手指，應該是在睡覺吧。在那個被成群亡者包圍的地方，這孩子究竟承受了多大的壓力？山姆慰勞般拍了拍圓艙，自然而然地深深嘆出一口氣。

『山姆，你聽得見嗎？』

是亡人。

『你該不會和那個BB連接了吧？』

他不等山姆回答，自顧自興奮起來，滔滔不絕地追問。

『那是個瑕疵品，而且，我從來沒有聽說過有像你這樣的異能者使用BB。異能者和BB連接太危險了，這麼做的確能擴充你的能力，但雙方的意識和記憶也會互相干擾。一個弄不好，不但BB有可能發生自體中毒現象，連你也會回不了這邊。』

山姆沒有理會，他抬頭看了看天空。帶來時間雨的雲層已消散，不過太陽仍只露出模糊的輪廓。前方應該已經沒有任何危險區域，只剩走完回程，然後他就可以擺脫這手銬的束縛，回到山姆・波特原本的生活。

唯一讓他在意的就是這個BB。真的像亡人說的那樣，是個瑕疵品嗎？又或者是被過度使用，才導致故障了呢。他看了看還裝備在胸前的圓艙，嬰兒依然只是閉著眼，在羊水中漂浮著。

事實上，這並非山姆第一次裝備ＢＢ，使用無牌ＢＢ的自由送貨員也不算罕見。迫於無奈，過去他曾向其中一人借來用過，所以亡人剛才說的他也能理解。不，現實也許比亡人想像的還要糟糕也說不定。裝備ＢＢ後，他產生了強烈的無力感，不僅僅是噁心發冷，事後還陷入憂鬱狀態，甚至萌生一股自殺的衝動。這全都是因為山姆是名異能者。

不過，這次連接的ＢＢ是個例外。與其他ＢＢ不同，至今都沒發生任何連接後的後遺症。也許是曾一起從交界回歸的緣故，能感覺到一種特殊的聯繫，正因如此，山姆才想幫幫他。

以布橋斯的技術，難道就不能做點什麼？

主結市的通行閘門映入眼簾。

『能撐到現在已經是個奇蹟了。』

亡人用無線通訊，澆熄了山姆的期待。

『我們一路上持續監控，你的身體沒什麼異狀，但那個ＢＢ——』

閘門外的歐卓德克掃描了一下山姆並放行。

『很遺憾，早就已經超過負荷了。只能送去銷毀。』

這句話讓山姆停下了腳步。假如現在把這傢伙送去病房大樓，他就會被處分掉。山姆試著用拳頭敲敲圓艙，但ＢＢ毫無反應。他輕喚一聲，撫摸圓艙外殼，又搖一搖，還是沒有任何變化。

山姆解開臍帶，從胸前的裝置卸下圓艙，心想先斷線一遍再重新和自己連接，說不定就能重置了。圓艙的玻璃罩一片漆黑，完全看不見裡頭的ＢＢ。他像在哄嬰兒那樣把圓艙舉高高，黑色的窗面映照出自己的臉。那副哭笑不得的表情使他感到厭惡，不由得別過眼去。

此時他聽見了笑聲。

並非錯覺，肯定是圓艙裡的ＢＢ在笑。

要再度連接囉。山姆重新接上ＢＢ。

寶寶的笑聲頓時迴盪在他腦內，那是種令人安心、帶著歡愉的笑。太好了。山姆閉上眼，試著去感受與ＢＢ的聯繫。

放心吧，你已經——

——ＢＢ，是爸爸喔。

忽然有道他從未聽過的嗓音，在耳中響起。一張陌生的臉正注視著他。那是一種難以形容的奇異景象，既使人害怕，又讓人懷念。

山姆甩了甩頭，驅散腦海中浮現的幻覺。在配送中心的閘門開啟期間，他拔掉了與艙體相連的臍帶，從胸前卸下圓艙，開始走下入口處的坡道。

EPISODE III 亞美利

山姆抱著圓艙向前走，亡人也小跑步跟在身後。幹得好。謝謝你。沒有你我們絕對做不到。你很不高興，是因為ＢＢ嗎？就算不斷和他搭話也像石沉大海。

此時，山姆第一次停下腳步。

「搞清楚，我可不是幫你們跑腿的。」

轉過身，山姆將圓艙按在亡人的肚子上。

「看來這ＢＢ欠你一條命，山姆。」

「錯。是我們欠了這小鬼，包括你。」

抱著圓艙，亡人點了點頭。山姆的表情依舊憤怒，不難理解，亡人心想。他也承認自己的確讓山姆背負了相當不合理的包袱。迫使他和病危的總統重逢，沒多久又叫他把遺體運走，除此之外，甚至還要求他燒毀ＢＢ。留下ＢＢ雖然違反規定，但一切都是為了讓山姆願意背上更大的包袱，而設計出的劇本。為了實現布莉姬早在十年前就構思好、卻一度被迫放棄的計畫。

無論如何，都必須讓山姆踏上這趟旅程。

「你說了算，我會好好照顧我們的救命恩人。」

這項裝備就由我來負責修理吧。亡人正視著山姆的眼睛，如此宣言。你想必也累了，快清理一下身上的髒汙，先去洗個澡吧。他像在告誡山姆似地轉變話題。

亡人正在等山姆。指揮官也在旁邊，地點就位於那間送山姆離開的隔離病房。現場再次藉由全像投影模擬成橢圓形辦公室的模樣。附頂篷的床已不見蹤影，取而代之的是直達天花板的大窗戶拉起了厚厚的窗簾，合眾國的國旗和國徽也都處於半旗狀態，室內亮度被程式調暗，彷彿在哀悼總統的死。

山姆別無選擇，只能來這裡。他先前提出的要求就是任務完成後，對方要幫他解開銬環裝置，讓他回去當個單純的送貨員。

門禁系統認出了山姆的終端並解鎖，沉重的門扉緩緩打開，山姆走了進來。上前迎接他的是指揮官。

「謝謝你，山姆。任務順利完成了。美國最後一任總統雖然與世長辭，但布莉姬的遺志並沒有破滅。」

頑人張開雙臂，看似要上前擁抱他，山姆不禁皺眉，打算掉頭就走。

「仔細聽我說，山姆。」

山姆停下腳步。

「美國……合眾國的重建計畫尚未結束。」

「我不想聽你說笑。」

聲音中帶著怒氣。頑人置若罔聞地舉起一根手指，左右搖擺著。下一秒，他半側開身子，示意山姆將注意力放到自己身後。

「這是我們的新希望，我們的新美國。」

充滿戲劇感的動作。亡人一邊這麼想，一邊隨指揮官轉移視線。

光輝滿溢而出。彷彿光線本身具有生命，在亡人看來就像這麼回事。

最終，一道人影自光芒中出現。那是一名身穿鮮紅服裝的女子。她的暗金色髮絲輕盈搖曳著，踩著莊嚴的每一步向前走去，一雙淡綠色的眼眸只看著山姆。這位女性是房內唯一的光源。

「亞美利？」

山姆問道。他果然沒有忘記。何況又怎麼忘得掉呢？指揮官點點頭，讓路給女子。

「我母親雖然走了，但我還在。」

亞美利笑著伸出右手，走到山姆的面前。

「山姆，還有你，你也還在這裡。」

緊皺著眉，對於她伸出的手，山姆連看都不看一眼。亞美利的臉龐蒙上淡淡失望，細微地嘆了口氣，放下手。

「你們十年沒見面了吧？雖然她的容貌還是和十年前一樣。」

頑人從旁插話。亞美利再度微笑著對山姆開口：

「你知道原因，對吧。我的身體還在冥灘上，所以不會變老。」

這點亡人也略有耳聞。關於布莉姬的女兒——亞美利那特殊的身世和體質。跳脫這個世界時間的桎梏，亞美利的時間流速與冥灘相同。這就是為什麼她永遠不會衰老的原因。打從三年前亡人被招募進布橋斯到現在，亞美利的外貌並無二致。

「但你變成熟了，山姆。」

亞美利看著山姆，似乎覺得有些耀眼。他們兩人之間存在一種亡人難以想像的特殊聯繫，透過眼神和言語表現出來。

「所以妳是認真的，妳想重新團結整個世界？」

山姆言詞尖銳，但亞美利絲毫不為所動，筆直回望山姆。最後反倒是山姆退縮了。他的目光像在尋求協助般四處游移。

「總有人得出面承擔。應該說，總有人得繼承總統的遺志，重建美國。」

指揮官代表亞美利做出答覆。接著，他走到亞美利身旁，朗聲宣言：

「莎曼珊・亞美利堅・斯特蘭，我們的新總統。」

此時，北美大陸的全像投影圖出現了。那是張巨大的地圖，從房間的邊緣延伸至另一頭。亞美利和指揮官站在中央，俯瞰整片大陸，就像一位建國女神與她順從的奴僕。

「我們將透過連接起一座又一座孤立的城市，來實現美國的復興。由亞美利接任總統，創建美利堅聯眾國，這就是我們重建計畫的第一步。」

United Cites of America

那是布莉姬和指揮官組織布橋斯，並花費多年時間戮力重現的美國神話。

「而要做到這點，山姆，我們需要你幫忙。」

指揮官盯著山姆。

「不，我受夠了。我跟布莉姬告別時，也等於跟你們斷絕關係了。」

山姆轉身背對他們，向房門走去，宛如要逃離全像投影出的北美大陸。

「我們從沒忘記過你。」

出聲挽留的是亞美利。她追著山姆從大陸中心走向東岸，每走一步，就會在全像投影上掀起一陣漣漪。

「是你捨棄了我們。」這句話使山姆停下腳步。

「切斷聯繫的人，是你。」

「亞美利組織了布橋斯第一遠征隊，然後一路向西行。」

山姆帶著緊繃的表情轉身，那是出於憤怒，還是困惑，亡人無法判斷。

是的。亞美利輕啟朱脣。

「我們整整花了三年，橫跨這片大陸，最後總算成功抵達了緣結市。」

「你們走到了西岸？」

山姆發出驚呼。看來他意識到了位在此處的亞美利只是一幅全像投影。

也難怪他會如此驚訝。在通訊基礎建設脆弱不堪的今日，究竟是如何做出這種完美到難

人虛實難辨的全像投影？這都要歸功於總部所累積的大量關於亞美利的數據檔案。藉由亞美

利回傳的音訊，控制本地儲存的表情細節、語調和動態資料，將位於遠端的她具體化並重現出來。

第一遠征隊分為先遣和後發兩組人馬，一路向西推進，主要目的是探訪散落在大陸各處的城市和生還者，洽談、或者該說遊說他們加入ＵＣＡ——也就是美利堅聯眾國（United Cites of America），齊心協力展開重建。名為人類的這個物種，唯有截長補短、共同打造社會才得以生存，若繼續這樣下去，勢必難逃滅絕的下場。所以才需要在美國的旗幟下再次攜手合作，這就是布莉姬在亞美利踏上征途時，託付給她的理念。

想當然，她的旅程不可能一帆風順。他們必須避開讓大陸分崩離析的元凶——ＢＴ出現的擱淺地帶和時間雨。不僅如此，那些信奉分裂主義、孤立主義而採取偏激行動的團體也阻擋了亞美利等人的腳步。遠征隊賴以抗衡的，是亞美利偵測ＢＴ的異能，以及她身為總統嫡女的血統和領袖魅力。

她一邊宣揚美國重建後將展示給人們的未來，一邊率領團隊，在城市和設施打造基礎設備。不久的將來，這一切都會成為ＵＣＡ的骨幹——開若爾網路擴展時的根基。而所謂的「結點都市」（Knot City），便是由布橋斯賦予那些或多或少存在加盟ＵＣＡ可能性的城市的名稱。

對亞美利一行人來說，這個過程持續了三年。剩下就等第二遠征隊出發了。然而在這節骨眼，布莉姬竟撒手人寰，不僅如此——

「遠征隊全滅，亞美利也被挾持了。」

指揮官傳達現況。

「亞美利和遠征隊雖抵達了緣結市，但那裡實際上是由分離主義武裝分子所統治的。」

有些人主張國家會壓迫人民自由，剝削原本屬於個人的權利，因此在它覆滅後還意圖重建，無疑是種反動行為。擁護這種意識形態，並通過暴力手段表達訴求的激進組織，被稱為狂人（Homo Demens），受眾人所畏懼。為達目的，他們甚至連無端殺人製造BT、人為引發虛爆這種事都幹得出來。亞美利一行人所設定的終點，不知何時竟已成了這些瘋子的巢穴。

「我沒有被囚禁，也隨時都能用他們的設備跟你們通話，但我離不開這城市。」

「為了保障緣結市的獨立自治不受到侵害，對方要求將她納入監管。換句話說，亞美利是他們的人質。」

聽完指揮官的話，山姆的臉色變得很難看。

「我知道不是每個人都認同我們對美國的願景。」

在布橋斯派遣遠征隊，具體展開重建工作後，孤立主義和分離主義分子的偏激行為也隨之增溫。毀滅中央結市的那具屍體，表面上看起來是自殺，但布橋斯內部評估極有可能是潛入中央結市的極端分子所為。亞美利被軟禁在遙遠的西部，布橋斯在東部的大本營卻也受到了恐怖主義威脅。要是這麼抗拒與他人有關聯，大可選擇孤獨地活，孤獨地死。假如暴力和恐怖主義也是一種溝通手段，那麼他們豈不才是真正渴望聯繫的人嗎——這就是亡人所產生的根本疑問。

「也有不少人寧願自立求生，不依賴別人，就像你，山姆。他們認為重建美國是道枷鎖，與他人連結，就意味著會被要求各種義務，自由也會遭到剝削。」

「這就不算枷鎖嗎？」山姆立刻回應，彷彿在展示銬環般舉起右臂。

「你們沒比恐怖分子好到哪裡去，不過就是另一群狂熱分子。」

「那不是手銬，山姆。」

亞美利隨即否認。

「是我們之間聯繫的象徵。」

亡人不自覺地摸了摸自己的右手腕。指揮官說的話，山姆反抗的態度以及亞美利闡述的道理，這些他都能理解。只要人類還是人類，就不存在所謂完美的自由或理想的團結。生而為人，若不對某些事物視而不見、不犧牲一點東西，便無法順利生存下去吧。所以將這件手銬型終端視為布橋斯的象徵，真的再合理不過。構思這項發明的人是個天才，亡人心想。既是束縛的工具，也是交流的手段，而布橋斯就是個絲毫不掩飾其矛盾的組織。

「我們現在不能各自為政，必須攜手合作。為此必須建立結點，聯繫全國。」

「山姆，我們需要你，去重新連結北美大陸。」

頑人也舉起戴在手上的銬環，走近山姆。

「第一遠征隊的人員駐紮在這片大陸各地，一直在努力設置開若爾網路所需的設備。然而那些都只是一個又一個的點，必須有人去將它們串聯成線。」

指揮官將一只金屬製的小貨箱舉到山姆面前，以浮誇的動作打開蓋子。六片金屬片被鍊條綁在一起，它們無視地心引力，輕飄飄地浮了起來。

那是重建美國最重要的道具，為了將孤零零的設備安置點串聯成線，所不可或缺的裝置。

「要啟動開若爾網路，你需要邱比（Qpid）連接器。」

開若爾網路——對亡人來說，其起源已不可考。在他被招募進組織時，這項計畫早已從假設進入實證階段。打從美國建國之初，便對國家基礎建設有過諸多貢獻的斯特蘭家族——布莉姬的祖先當中，有人在死亡擱淺爆發前後提出此構想，並交由布莉姬以重建為目的付諸實行。亡人聽說過這樣的傳聞，但無從判斷真偽。唯一能肯定的是，帶頭實踐這項計畫的靈魂人物，除了布莉姬不作第二人想。

城市與城市、航線與鐵道，又或者是各大公路之間，要完全以物理方式連結，實務面不可行。因此至少要建立足以取代交通手段的通信系統，以達成實質上的聯繫。開若爾網路的誕生，將使一切成為可能。亞美利和她的團隊為此奠定了物理基礎，而施工的對象，就是那些被布橋斯命名為結市（Knot City）的城鎮，以及擔任中繼點的各類設施。

「希望你帶著這個邱比連接器去串聯各結點，啟動開若爾網路。此外，你是一名送貨員（porter），山姆。建立聯繫的同時，別忘了將必要的物資一併運到各據點。還有一件事，亞美利——被軟禁在緣結市的亞美利，你必須找到她，設法將她帶回來。」

「拜託，山姆。我們需要你。」

全像投影的亞美利走向山姆，向他求情。跨越數千公里的距離，她的意志似乎令山姆動搖了，只見他搖搖頭退後一步：

「現在的我是山姆·波特·布橋斯。我不再是斯特蘭家的人了，也早就被趕出這個組織。我再也不想跟你們或任何人扯上關係。」

他說完便轉身離開。

「等等！」亞美利大喊一聲，跑到山姆面前，擋住了他的去路。山姆露出有些悽愴的微笑，並未停下腳步，最後直接穿過了張開雙臂、看似要擁抱他的亞美利的身體。

「看吧？我們沒有任何關聯。一如往常。」

扔下這句話，山姆逃到了走廊上。

「山姆，等一下！」

指揮官提高嗓門，追了出去。與此同時，亡人的銬環傳來震動，工作人員在呼叫他。指揮官有辦法說服山姆嗎？亡人瞥了一眼獨留在房內的亞美利的全像投影，跟著來到走廊。

「硬要把世界綁在一塊，只會產生更多破綻！」

聽著山姆對指揮官展露情緒、咬牙切齒的聲音從背後傳來，亡人在走廊上往他們的反方向加快腳步。

「好了好了，山姆。你冷靜點，別激動。」

指揮官安撫山姆的聲音在走廊上迴盪。「你不需要現在就回答，不如先去休息一下吧？」沒錯，山姆，冷靜下來。答案已經很明顯了不是嗎？畢竟你是唯一的人選。亡人自言自語著，呼吸十分急促。按著胸口趕到目的地後，迎接他的是一名穿著紅色醫療服的工作人員。對方抱著一個圓艙。

對如今的山姆而言，這是唯一的聯繫。是他挺身保護過的東西。接過圓艙，亡人看了看裡面。沐浴在彷彿稀釋過的血色光芒下，布橋嬰在人工羊水中翻了個筋斗。山姆和我們的救命恩人。能讓山姆和我方建立連結的其中一項存在。寶寶感覺好多了，我們得把這個還給山姆。

亡人轉過身，再度朝還在和指揮官爭執的山姆跑去。

「山姆，維修完成了。」

越過指揮官的背影告知這件事時，山姆彷彿遭到突襲般陷入沉默。

亡人舉起圓艙，以便他能看到裡面。

「我針對你的狀態做了些調校，現在可以用了。」

沒錯，你又能用這ＢＢ了，山姆。

「很難得找到一個跟異能者合得來的ＢＢ。」

它將成為你的助力。當你試圖橫越怪物盤踞的廢土，這個ＢＢ會派上用場。你明白的吧，山姆？只有這樣，這件設備才有存在的價值。圓艙內，ＢＢ咕嚕嚕地轉來轉去，難道你要讓它停下來嗎？

山姆露出極力想讀懂亡人在盤算什麼的表情。

「看樣子，山姆，和你有聯繫的就剩它了。」

ＢＢ笑著，像是同意亡人的說法。

咬了咬嘴唇，山姆接過圓艙。他已同意加入重建計畫，亡人如此相信。

以第一個中繼站為目標，山姆徒步走著。

中繼站就位在主結市的西北方向，中途需經過處理布莉姬遺體的那座焚化爐。

踏出的右腳傳來鈍痛。

這讓他暫時停下腳步。他已經持續走了很長一段時間。

山姆扭頭向後看去，主結市的身影早已消失。平緩起伏的大地無盡延伸，巨大的岩塊像散布巨人背上的肉瘤，矮小的綠色植被形成地毯，覆蓋整個地表。遠處可以聽到剛越過的急流聲響。

這裡就像不同的星球。

還記得自己小時候，布莉姬曾這樣告訴他（**不對，也可能是亞美利**）。

為什麼？我是在這裡出生的。從我懂事開始，世界一直都是這樣。

但在布莉姬給他看過的影片中，世界曾擁有截然不同的樣貌。

一座座直逼天際的建築（**它們被稱為摩天大樓**），翱翔空中的交通工具（**飛機也在天上飛**），以及地底運行的長方形車輛（**那叫作地鐵喔**）。山姆當然看過卡車和摩托車，但從未目睹它們在高速公路上以驚人的速度奔馳，直到看了影片。

被稱為「都市」的區域到處都是人類造出來的東西，河川從它們的縫隙間流過，茂密的林木填補空缺，增添翠綠點綴。如今卻反過來了。在光禿禿的大自然一角，人們低調卑微地建設著城市。

那些摩天大樓去哪了？飛機、地鐵、高速公路都去哪了？就連它們留下的痕跡都很少見，人類曾繁榮興盛的證據被消除得乾乾淨淨。
這是一個才剛重獲新生的世界。
人類誕生以前、被人類汙染前的原始世界。所以，它對人類並不友善。無形的怪物和奪走時間的雨水，會毫不留情地侵襲一切。這裡沒有你們的容身之處。
所以，人類建造了與這片景觀不相襯的城市，繭居起來。
如果要說這是一顆不同的星球，那麼我們想必是被地球放逐了。
這裡是流放者的星球，而我們是流放者的子嗣。這樣的一群人，沒資格重建一座摩天大樓林立的巨大都市。不，是我——山姆．布橋斯沒這個資格。早在十年前就被褫奪了。既然如此，為什麼還要讓我背負這些？
他想質問布莉姬，但已無法。
山姆確認了一下背上貨箱的重量，再度開始趕路。
空氣中的味道產生了些許變化。那是時間雨的前兆，還是趕快找個地方躲雨比較保險。走了一小段路，山姆發現一座小山洞，小到他必須彎腰才能進去。
坐下後，山姆深深吐出一口氣。離開主結市時換上了布橋斯配給他的制式靴子，此刻已髒汙不堪，布滿無數細小刮痕。他鬆開鞋帶，感覺疲勞因此得到釋放，腳上的疼痛也稍微減輕了。
遠處傳來雷聲。他撫摸著胸前的圓艙，但BB毫無反應，肩膀上的歐卓德克也沒有要動起來的跡象。也許會下一場時間雨，但那些傢伙不會來的樣子。在這裡休息過後，就一口氣趕完剩下的路——山姆隨即墜入夢鄉。

有一股熟悉的香味。

恬靜的歌聲。一首他小時候聽過無數次的歌。

——**倫敦鐵橋垮下來，垮下來，垮下來。**

自己不知道什麼時候睡著了。他用兩手拍打臉頰讓自己清醒，聽到的是海浪的聲音，以及沙灘上越來越近的腳步聲。

倫敦鐵橋垮下來，垮下來，垮下來。

鮮豔的紅色占據視野，金髮在眼前搖曳。

我美麗的小姐（My fair lady）。

你知道嗎？山姆。穿著鮮紅裙子的亞美利站在沙灘上。**斯特蘭**（Strand）**這個字有三種含意喔**。山姆點頭。

他想起來了，這是冥灘的景色。這是一場清醒夢，帶領他來到冥灘，而這個亞美利則是過去某次見到的她。

第一種含意是，牽絆。

一股巨浪從亞美利背後打來。

第二種含意是，擱淺。

浪頭在她上方四散。

第三種含意是，受困而動彈不得。

破碎的浪花化為無數雨滴，灑在亞美利身上。

亞美利蹲在山姆面前，窺視著山姆。已聽不見海浪的聲音，沙灘也消失了。此處是山姆小憩的山洞。對了，這只是我作的一場夢。

聽我說，山姆。

「我被困住了。擱淺在太平洋旁的岸上。即使如此，我們之間的聯繫依然存在。」

亞美利伸出雙手，將繫在山姆脖子上的捕夢網解開。什麼時候戴上的？除了睡覺期間，山姆平時並不會戴這個用來趕走惡夢的護身符。對了，這只是我作的一場夢。

彷彿看透山姆的心思，亞美利露出微笑。

這是山姆出發前，在主結市與亞美利的對話。

現在只是藉著夢境重溫一遍。

在山姆承諾西行後，他得到了用來整裝出發的時間和個人空間。這時，亞美利的全像投影出現了。她含著眼淚，叫出山姆的名字。

「山姆。你是山姆·斯特蘭。」

「不，我再也不是斯特蘭家的人了。我的名字是山姆·波特·布橋斯。」

一滴滑落的淚水沾溼亞美利的臉頰，滴在山姆的手背上。不對，這只是夢境讓他產生的錯覺。

不論牽絆、擱淺還是迷茫無助感，山姆都體驗得夠多了。所以他捨棄了斯特蘭（Strand），成為一名送貨員。然而命運並沒有如山姆所想的那樣改寫。

除非布莉姬放棄不切實際的夢想，放棄重建美國，否則山姆永遠無法擺脫這個夢。以旁觀者角度檢視自身的夢——山姆分析著它的邏輯。

指揮官頑人和生前的布莉姬，都希望山姆承擔這項使命，重新連結美國，為此他們想必動了許多手腳。

「你是自由之身，但我們依然是相連的。別否認這一點。」

這句話彷彿出自好幾個亞美利口中，層層堆疊、迴盪。她抬起山姆的手，讓他拿著捕夢網，起身不久後，又一次雙膝跪地抱住山姆，在他耳邊輕聲說：

「回來吧。」

對著動彈不得的山姆，再度開口——

「我會等你的。」

留下這句話，她背過身去。後方忽然揚起一道宛如巨人手掌的滔天巨浪，將亞美利整個包裹住。為了阻止亞美利被海浪吞沒，山姆大喊一聲。

然後就被自己驚醒了。

他在一個小山洞裡，抱著膝蓋睡著了。手裡抓著捕夢網，山姆明白他剛剛作了場夢，卻不清楚那個夢多大程度屬於自己。

重新綁好鞋帶，山姆站了起來。

★

／／主結市西方／中繼站

中繼站是布橋斯公司傳遞物資和情報的設施之一。隨著第一遠征隊往西推進，他們在大陸各地建造或維護了各式各樣的設施，其中離主結市最近的就是這座中繼站。

喬治・巴登在一如往常的時間醒來，從位於地下居住區的房內走向淋浴間的路上，他發現了一絲血跡。

血跡相當細微，一不小心就會錯過。有人受傷了嗎？帶著不好的預感，他沒有洗澡，而是匆匆趕往公共區域。照理說平常這個時間，結束早上例行公事的成員們會陸續在這個會議室兼廚房的空間集合，今天卻沒看到任何人，只聽得見安靜的空調聲響。

這也難怪。夥伴們一定都相當失望，就連他也是，無法騙自己今天是個愉快的早晨。沒人有資格責怪大家缺乏起床的幹勁，畢竟是美國徹底玩完的隔天早上，所有人都躲在被窩裡，不想面對現實。至少今天就通融一下吧。喬治・巴登望著白色的天花板，嘆了口氣。

和隸屬第一遠征隊後發部隊的夥伴們在這個站點駐紮，已經快要滿三年了。這段期間並沒有像他們擔心的那樣，發生什麼重大的事故或事件。由於離布橋斯總部還算近，他們得以不受分離主義武裝分子侵擾。儘管人手有限，設施維護和運作起來相當辛苦，他們還是中規中矩不失地撐了三年。

在第一遠征隊出發的三年後，第二遠征隊也即將從東方的中央結市啟程，帶著邱比連接器一路西行。邱比連接器開發順利，遠征隊的組建也沒遇到什麼麻煩，應該能按照原定計畫出發才對。

不料事態卻急轉直下。

他們收到消息，布橋斯總部所在的中央結市，已經因反物質湮滅現象消失得無影無蹤。

中繼站的成員都沒有說話。收到聯絡當下，沒有人問巴登任何問題。他發了聰明藥給所有人，並要他們去休息，但，沒有一位夥伴睡得安穩。只要等個三年，第二遠征隊就會將總部與這裡、乃至更遠的地方連結起來，支撐眾人的這個想法已經消失了，他們感覺彷彿被扔進了真空的宇宙。

再怎麼大聲喊叫，也傳不到任何地方。

那天，巴登沒有見半個夥伴出來。所有人都在服喪。

隔天上午，幾名成員出現在會議室，然而他們無不神情鬱悶，彷彿靈魂[Ka]被抽走了似的。空氣清淨機正常運轉，房內卻總瀰漫著一股酸臭的氣味。我們以後要在這做什麼？其中一人漫無對象地問。

再隔天的早上，一名眼皮腫脹、臉上留有血跡的成員出現在會議室，要求巴登給他催產素。另一位成員也提出了同樣的要求。巴登質問兩人後，他們坦承和對方打了一架。不只會議室，腐爛的酸臭味已經在整個中繼站裡蔓延開來，事後想想，那一定就是從冥灘飄來的死亡氣息。這裡也快完蛋了。巴登甚至無法否定這個念頭。

再隔天。自從轉達最壞的消息後，始終沉寂的通訊設備忽然醒轉，並捎來福音。是總部的無線電呼叫，夾雜不曾間斷的嚴重雜訊，向他們宣布：

『第二遠征隊已經出發。美國重建計畫並未中止。』

有人開始哭，有人放聲大叫，也有人互相擁抱。在場所有夥伴都重新活了起來。瀰漫在空氣中的惡臭已經聞不到了。

「這裡是中繼站UCA－01－155。系統和人員皆完好無損，我們會持續等待遠征隊。」

彷彿要把話筒吃下去般，喬治．巴登朗聲回覆。

★

脖子上的邱比連接器發出清脆聲響，山姆隔著制服按住六枚金屬片，感覺它們剛才好像飄起來了。

當然，那是一種錯覺。山姆也覺得好像有人在盯著他看，於是扭了扭脖子，一座坡面滿是碎岩、高度不高的臺地以及灰暗的天空映入眼簾。舉目所及沒有鳥兒飛舞的影子，也沒有野獸馳騁大地的蹤跡。他深吸一口氣，繼續走著。

前方隱約可見一棟頂部為球狀的建築物輪廓，那就是中繼站，離開主結市後首次看到的有人煙的場所。最先需要打好的「結」就在不遠處了。山姆並不是第一次目睹這景色，做了十年的送貨員，他看過許許多多由布橋斯管理的設施——雖然會盡可能遠離它們也是事實。

——拜託你，山姆。

突然，腦海裡又浮現布莉姬的話。胸前圓艙內的ＢＢ彷彿動了起來。他搖搖頭甩開那聲音，再次按住胸口，確認邱比連接器的觸感。不知不覺，自己背負起了相當巨大的包袱。既然已無法回頭，那就只能一步步往西走，沿途卸下這重擔了吧。讓ＢＢ活著，連結美國，接近亞美利。

如果把這一切聯繫起來，他就能擺脫這個可憎的邱比連接器，擺脫名為美國的惡夢。沒錯，這是朝這個目標所踏出的一步。

山姆開始爬坡，往連環丘陵之間冒出頭的中繼站前進。他緩慢地、小心翼翼地在崎嶇的岩地上移動腳步。無論多麼謹慎，難免還是會踩錯位置，害自己差點失去平衡。落腳處一陣鬆軟，幾塊石頭滾落下去，而那就是山姆的足跡。只要有人走過就會留下些什麼，哪怕只是微小的記號。

終於穿越岩石區後，腳下變成了草地，中繼站近在眼前。

一股無形的波動沖刷著身體，腰間的繩帶和背上的背包都被掃描了一遍。山姆擅自侵入中繼站所在的區塊，不過看來已經獲得允許了。左右環視一圈，會發現四周等間隔地設置著感應桿，散布在大陸上的設施多半都安裝了這種偵測系統，用來識別訪客身分。預先確認過的人員和包裹會被標上ＩＤ，這樣中繼站內的人就能知道來的是經過布橋斯授權的送貨員。

山姆爬上通往集貨區的樓梯，站在入口前的廣場上。

腳下的水泥地乾巴巴的，到處都是裂痕，廣場中央有條特別大的裂縫，已經變色而發白。這地方應該是由布橋斯第一遠征隊在三年前所修建，卻已經像用了十幾年似的，顯得破舊不堪。中繼站本身也是如此。聽說建築表面上了一層鍍膜，能防範時間雨的侵蝕，但山姆對效果半信半疑。即使最後全面接通開若爾網路，如果設施被時間雨溶解掉，連結不就會中斷了嗎？

他喘了口氣，抬起頭來。

位於高地的中繼站南側是一面陡峭懸崖，正下方的山谷中有條湍急的河，從這裡就能聽到它的流水聲。恐怕在死亡擱淺發生之前，那條河並不存在，雖然沒有確切的根據，山姆仍這麼認為。

不僅僅是這條河，這片大陸就像剛出生沒多久般，呈現一種粗獷的樣貌。不是長年被風雪打磨圓潤的石頭，而是宛如剛凝固的岩漿從地球內部湧出，所形成的尖銳巨岩。縱使被水流侵蝕，河岸也還保有一股肅殺感，看上去就像大地被撕裂後，水才正要開始在那恣流的樣子，少了睿智老成的灑脫，只顯現出青年特有的衝動和急躁。

這片土地還很年輕。人類適應不了它的青春。時間雨正試圖帶領這個世界，盡快從青年走向成年，並將衰老的人類推下死亡深谷。

山姆又看了看腳下混凝土的裂縫。

有朝一日，水也會湧上來，把這裡一分為二吧。人類打造的東西已經跟不上時代了。不管是多麼高科技的產品，都不符合這個世界的尺度。

他不由得又嘆了口氣。自己雖然稱不上老成，舉止卻像個老頭。山姆苦笑著走進集貨區。

//主結市西方/中繼站

★

喬治・巴登從裝在地下理貨場的監視器螢幕，看到有名送貨員進入了這個區域。身穿布橋斯藍色制服的送貨員，在集貨區入口前四處張望。

當巴登聽到來訪通知音時，還以為是第二遠征隊抵達而雀躍不已，但現實很快就叫他別一廂情願。來送貨的並非一支小隊，而是單獨一個人。即使是常態性的配送，獨自出動的送貨員也很少見。中央結市的慘劇才發生沒多久，肯定是因為人手不足吧。

但他仍相當感激。中繼站的鎮定劑（催產素）存量已經見底，雖然聽到第二遠征隊出發的消息後，成員的精神狀態有所恢復，依舊教人不安。對願意獨自前來的他，真是說謝謝都來不及了。

送貨員走進集貨區，操作手上的銬環，向終端機申請登入。他腰上的繩帶和貨箱上的標籤再度被掃描，這次比起感應桿上的檢查機制還要嚴格。一根平時收在地底的圓柱形集貨終端機出現了，送貨員的資訊隨後也出現在螢幕角落，巴登看完不禁歪了歪頭。

應該是系統出錯了吧。

這個男人的名字叫山姆・波特・布橋斯。上頭顯示他是布橋斯的送貨員，同時也單獨代表第二遠征隊。

遠征「隊」不可能只有一個人。喬治・巴登緊盯螢幕，看著山姆卸下背上的貨物並逐一點交。放上貨架的這些包裹，在被機器轉送到地下倉庫前，必須經過層層把關，檢查它們的損壞程度、新鮮度、分量以及是否有病菌附著或暗藏爆裂物。貨物實際送抵後，巴登拿起其中一件並打開容器察看，發現貨況非常完美，幾乎沒有一絲損傷。

喬治·巴登啟動全像投影裝置，主動向送貨員發話：

「虧你能來到這裡，山姆·波特·布橋斯。」

被叫住後，山姆默默地回過頭來瞪了一眼。出現在他面前的應該是個以低解析度全像投影重現的喬治·巴登。設施內的工作人員禁止直接跟外部來的送貨員接觸，這是因為即使再三檢查，也無法防止病毒感染，或懷著惡意的對象近距離發動攻擊。表面上是這麼解釋的，實際考量卻有些不同。真正原因在於一旦習慣了有限的、封閉的人際圈，與陌生人接觸就會產生壓力。

「謝謝你，山姆。你帶來的聰明藥可以緩解我們的情緒，不久後就能回到正軌了。」

喬治·巴登致謝的方式顯得有點浮誇。雖然與陌生人面對面會有壓力，還是要做好溝通和交流。

「對了，如果你知道的話能不能告訴我，第二遠征隊大概何時會來？」

監視器裡的山姆不悅地皺起了臉。他在胸前摸索著，掏出了一些東西。是幾枚金屬片。

竟然有這種事。原來螢幕顯示的資訊並未出錯。

「難道……就是你？」

山姆點了點頭，舉起用鍊條串在一起的金屬片。

「真的就你一個人嗎？獨自連結整個大陸？」

喬治·巴登的聲音興奮而激動。監視器上的山姆催促似地搖晃著那些金屬片。

「是嗎，原來是你啊……那就請你快用那個邱比連接器，把這裡連上線吧。」

山姆點了點頭。喬治·巴登下意識咬住嘴脣，當他意識到自己在哭時，淚水早已滑落。不管再怎麼擦還是一直流出來。三年來，他一直在等待著這一刻。三年份的眼淚，怎麼也止不住。

「好，把我們連上線吧。」

★

全像投影低下頭。這個人叫喬治·巴登，是布橋斯的工作人員。

山姆從脖子上取下邱比連接器，把它放到終端機的接收器上。六塊金屬片彷彿忘記了自己的重量飄浮起來，一邊發出微弱的光芒。當光線擴散並籠罩住終端機和山姆的那瞬間，他的身體竟也跟著浮向半空。跟和BB相連的感覺有點類似，沒有不舒服，但也不是多愉快的體驗，一種從活人的世界飄升、要被拉入亡者世界的感覺。BB微微一笑。

離開了一些事物，又重新聯繫上另一些事物。

解開原本的結，重新綁好。

「謝謝你，山姆·布橋斯。」

原本像孩童搭的積木般粗糙的全像投影，此刻組成了逼真的3D人像，這是邱比連接器啟動開若爾網路帶來的效果，稍微仔細觀察，甚至能看到巴登正在流淚。

一股暈眩感縈繞在腦袋深處。山姆用雙手輕輕拍打自己的臉，讓它們散去。
「原來你真的是第二遠征隊。」
巴登的聲音還有些顫抖。山姆默默點頭回應這個問句，為了不讓自己被全像投影出的眼淚和顫抖的聲音影響而動搖。被投遞對象感激是常有的事，甚至他也不止一次看過對方哭著道謝。縱使如此，山姆也從未像現在這樣，感受到內心的悸動。
「我們連上了。和UCA連結在一起，這樣這裡也成為美國的一部分了。嘿，山姆，你能理解嗎？我們一直很害怕。一直覺得孤單。因為我們哪裡也去不了。可是從今以後，我們終於能喘口氣了。」
別表現得這麼高興啊。我只是背著貨走過來罷了。喬治・巴登的喜悅愈強烈，山姆就愈感到退縮。他並不是為了團結美國，而是為了救出亞美利，還有不想對這個一放手就會被處分掉的BB見死不救，才一路往西邊去。是為了把塞到自己背上的這些包袱徹底放下。只要他到了西岸，實現了和布莉姬的約定，他就自由了。動機完完全全是為了自己。
所以用這種方式感謝他，也只是平添心虛感罷了。在冷峻的表情瓦解前，山姆轉身離開。
「等等，遠征隊的──山姆・布橋斯。」
但喬治・巴登的聲音令他停下腳步。
「你接下來要去這裡西邊的配送中心，對嗎？」
的確，頑人給他的指示是這樣。山姆轉身，無言地點了點頭。
「那就幫我帶上這個吧。」

集貨終端機的顯示器跳出給送貨員的託運單。委託人，配送地點，貨物。身為自由送貨員，這樣的寄件表格山姆已經看過無數次了。

原來如此，總不能空著手去下個地點是吧？不如說以一名送貨員（porter）的身分往西走，心態上還輕鬆多了。雖然他知道這只是在自欺欺人。

山姆操作裝置，接下了委託。

一組貨架從地底出現。用貨箱裝好的包裹井然有序地排列著，那些都是開若爾列印機會用到的「材料」。根據事先從頑人那裡聽來的說明，接上開若爾網路的高性能３Ｄ列印機，能夠遠端輸出物體的副件，為了做到這點，它需要幾種「材料」做為耗材。貨架上準備的材料包括重金屬、輕金屬、陶瓷等幾種，都有各自的箱子。你要我把這些東西全都帶走？總重量加起來會嚇死人喔。

但也不是做不到。嘆了口氣，山姆依序背起貨物。

「謝謝你，山姆。應該不用我特別提醒，前面的路上有謬爾驢人。」

對送貨這件事走火入魔、離群索居的一群人。

嗯，我知道。山姆朝全像投影出的喬治·巴登舉起右手。

「山姆，小心點——」

巴登似乎還想說些什麼，但山姆沒能聽清楚。

離開集貨區時，山姆抬頭看了看微陰的天空，嘆了口氣。

銬環的震動和旋律，通知山姆頑人發來通訊邀請。

『幹得好，山姆。』

山姆看著銬環上顯示的地圖，直截了當地回應：

「我還是當個送貨員比較輕鬆。」

『也是，人們相當仰賴你那方面的能力。那麼，來談談之後的計畫吧。』

沒有管山姆方不方便，頑人繼續進行他單方面的簡報。

『你的首要目標，是把港結市和總部所在的主結市，用開若爾網路連接起來。但是我們沒辦法直通兩座城市，必須透過分散在它們之間的布橋斯設施來轉接。你剛幫忙連上的中繼站，和接下來要去的配送中心都是中繼點。』

心不在焉地聽著頑人的聲音，山姆離開中繼站所在地，開始沿著丘陵下坡。每走一步，背架的背帶就陷進肩膀，因為負重太接近極限，很快他就已經開始冒汗。

『港結市是建在原爆點旁的一個結點，就如你所知道的，原爆點是這片大陸上最早經歷虛爆的地區之一。』

這個世界上，想必有很多個原爆點吧。布莉姬曾這樣告訴山姆（**當時你還是個小朋友**）。某天，全世界同時發生了一場神祕的大爆炸，不僅美國，亞洲、歐洲、南美各地都是。這片大陸上同樣也發生了連環爆炸，東岸、西岸、南部與加拿大（**有這樣一個國家**）之間的國境，其中規模最大的一次，在大陸正中央炸出了一個巨型坑洞，大量的水流入其中，形成了一個湖。不知道誰開始稱它為原爆點湖。也有人說，那是美國底部被抽走的象徵，總有一天整個國家都會沉下去（**我可不會讓這種事發生**）。

『山姆，你有在聽嗎？』

指揮官好像有點火大，或者該說著急。

『與其他地區相比，原爆點周圍的災情更嚴重。當時的政府對此束手無策，反而是民間的物流業者運來救災物資，支援了當地的災民。這也是為什麼原爆點周邊一帶，至今仍有許多人離不開運輸業。』

「如果是在說謬爾驢人，我很瞭解。」

打從通訊開始到現在，山姆第一次說出了像樣的對話。順著這個反應，頑人也變得更聒噪了：

『嗯，沒錯，你知道得可能比我更清楚。不管以前或現在，這個世界都面臨一樣的難題——資源分配和調度不均。』

指揮官的演說還沒結束。

『聽著，山姆。我們生存所需的資源，例如燃料和糧食，並沒有從這個世界上消失。雖然稱不上充足，但剩下的量以當今人口總額來說還算夠用。問題是，它們沒有好好被分配到需要的地方，沒做到資源最佳化。也就是說關鍵在於配送。』

「所以才會出現謬爾驢人這類扭曲的存在。」

山姆把指揮官的話接過來，搶先說出結論。不曉得是否因此讓他回過神來了，頑人清清嗓子，調整了一下語氣：

『是的，山姆。小心那些謬爾驢人。千萬別讓他們搶了你的貨物。』

聽得見雜音。看來山姆不知何時已離開了開若爾網路的涵蓋範圍，這樣一來，就只能依靠一般的無線電波進行通訊。然而在蘊含時間雨的開若爾雲，和開若爾物質濃度變幻莫測的影響下，訊號往往很不穩定，幾乎不可能做到遠距離傳輸。據說無線通訊的水準，已經退化到了相當於百年前的程度。雖然也嫁接了一部分的有線基礎設備，但由於時間雨和分裂主義武裝分子的破壞，對於聯繫多數人這點不太派得上用場。

唯一的例外，是橫跨原爆點湖兩側、連接大陸東西部的舊世代通訊設施，但那也是布橋斯第一遠征隊在向西走的過程中，把殘存下來的有線和無線系統拼接在一起修建成的，不知道還能維持多久。遠征隊的行軍，受到分離主義者嘲諷是反時代的西進運動重演，或狹隘的大美國主義思想，再不然就是假復興之名包裝的恐怖行為。

然而這類批評也只是間接承認現狀——這樣下去不會有任何結果。不如說這些人是在坐以待斃。

一直以來，布莉姬和頑人都如此主張，並大力鼓吹美國的復興。年輕時的山姆也曾接受過這個觀點。

只要開若爾網路這個劃時代的超級系統完成，一切都能迎刃而解。屆時，關於冥灘的理論、解釋和實際應對手段，都會比現在更清楚。

搞懂冥灘是什麼，我們就能拯救自己。過去山姆這樣相信著。而所謂「我們」，指的就是受困在冥灘上生活的亞美利和山姆。

下了山坡，左手邊是急流，山姆沿著河岸走了片刻，開始看到被踐踏的草地和溼漉漉的腳印。送貨員的直覺使他心生警戒。中繼站的喬治·巴登曾要山姆「小心」，指的大概是附近有謬爾驢人的活動據點。

地上留下的，恐怕是謬爾驢人移動的痕跡。

山姆不止一次遇到過他們，在有別於BT的意義上，他們是送貨員的惡夢。曾經，他們也是為了重建社會而辛勤運送物資的送貨員，但過程卻逐漸取代了目的，如今已成了單純想滿足衝動，四處搶奪貨物的一群人。

他們不在乎包裹裡是什麼，也不管寄送用意，純粹就是想搶貨。

拿到貨物之後，他們不會做任何處理，既不消費，也不與其他團體交換生活所需物資。就像某種野生動物般，只是不斷蒐集、囤積貨物。和舊時代的富人漫無目的地累積資產，試圖壟斷財富的情況有幾分類似。

這一帶介於先前抵達的中繼站和接著要去的配送中心，相當於一條運輸路線。驢人們可能就是被這點吸引，才聚集到附近來。

河的對岸，山姆瞥見有人影在移動。一組兩到三人的小團體。中間隔著急流，所以離對方還有段距離。不用慌，但也輕忽不得，畢竟山姆背的貨量接近負重極限，加上四周也沒有可供躲藏的遮蔽物。

要想避開他們，就只能再度爬上剛走下來的斜坡，或是盡快翻越右前方的小山丘。重重地呼出一口氣，山姆開始往前走。

坡地的路況比他想像得還要糟糕，每當腳踩下去，都會使岩塊鬆動並滾下山。受貨物的重量影響，他需要費很大的力氣才能保持平衡，有時不得不用手去扶，才能防止自己摔倒。

在爬了數十公尺的距離後，山姆停下來稍微喘口氣。都走到這麼遠的地方，對方應該不會追來了吧。他這麼想著轉過身去，只見那群謬爾驢人不知何時已經渡過了急流。所有人都穿著同樣的裝備，從頭到腳包得緊緊的，看起來就像長出四肢的蛹。他們毫不猶豫地跑著，姿勢和速度幾乎一模一樣，這種同質性也是謬爾驢人的另一項特徵。他們的目標，和達成目標所採用的手段、行動都如出一轍。

因此他們有時也被叫作集團人(Homo Gestalt)，有著像螞蟻或蜜蜂那樣分擔各自職責的社會結構。

領頭的謬爾驢人啟動了探測裝置，發出特高頻波進行掃描，立刻捕捉到山姆的貨物。一旦發生這種情況，唯二的選擇就是放棄一些貨讓他們撿，或者做好展開戰鬥的心理準備，為守護貨物奮力逃跑。冷靜思考的話應該選擇前者，山姆過去也是這麼做的。

但他卻無法迅速做出決定。

喬治・巴登的眼淚浮現在腦海。

那個人為什麼要哭？為什麼會那麼高興？

背上的貨物，是那個巴登託付給他的。所以不能扔掉。這是不可原諒的。山姆固執地想。

該死，山姆暗自咒罵，繃緊了全身的力氣。

緊追著他的喘息，有什麼東西掠過了山姆的耳邊——一根標槍刺進了他身旁的斜坡，槍身還在震動著。謬爾驢人扔的。是不是應該暫時卸下貨物，與他們正面對峙？猶豫不決之間，下一根標槍又飛了過來。

不巧的是他沒帶射擊武器，不過，逃跑看來也已經不可能了。

就在這時，山姆聽到胸口的圓艙內傳來一絲嗚咽聲。

BB雙手按在玻璃罩上，正抬頭看著山姆。這個孩子，大約是在受孕滿七個月時被移到艙內的，視力應該還沒發育完全，但山姆卻覺得自己彷彿和他四目相交了。BB的表情傳達出一股不安。

空氣的流動產生變化，帶來了鐵鏽味。山姆抬頭看西邊的天空，渾濁如泥的雲層緩緩捲成漩渦狀，這一幕讓他想起只在神話中出現過的、巨大生物誕生的畫面。這種會降下時間雨的雲不受氣流影響，以獨特的法則和力學形成，鳴動著逼近。

漩渦中心處電光一閃，隨即傳來巨龍咆哮般的雷聲，漆黑天空中出現一道倒掛的彩虹。BB嚇得哆嗦起來，肩上的歐卓德克探測器也啟動了。怎麼看都是BT擱淺的預兆。原本正在逼近的那群謬爾驢人匆忙調頭離去，即使對這群瘋子來說，BT無疑也是種威脅。

感覺到冰涼的雨滴打在臉頰的下一秒，大雨如瀑布般當頭澆下，BB哭了起來，歐卓德克開始劇烈旋轉。

意識像喝醉了似的搖搖欲墜。雨水敲打蓋住頭部的帽兜，聲音不規則地時大時小。世界看起來扭曲了，就像一名忘記遠近法的畫家筆下的風景。生者和亡者的世界重疊在一起，試圖剝奪山姆所有正常感官，令他難以分辨身體和外在環境的界線。

他緊閉雙眼，深吸一口氣，想藉此恢復肉體的知覺。豎起耳朵傾聽的並非雷聲或雨聲，而是由內臟發出的，屬於他自己的聲響。我的身體就在這裡。當他再次睜開眼，意識和視野已不再搖擺不定，風景勾勒成正確的畫面。

拜託你了，BB。山姆在心底呢喃，摸了摸圓艙。做為回應，歐卓德克變成了十字架，指向從身後偷偷靠過來的BT。不能再輕舉妄動了——山姆當機立斷，壓低姿勢並用右手捂住嘴，暫時停止呼吸。脖子陣陣發麻。膽怯的他很想立刻轉身。因為看不到所以可怕。回頭就能目測和BT之間的距離了。你和BB連接，不就是為了甩掉看不見的恐懼嗎？如果能看到對方，就能冷靜地做出判斷。然而山姆不能聽從這個聲音。只要稍微製造出一點風吹草動，它們就會察覺到，並襲擊過來。

亡者也看不見我們。

它們渴望回到這個世界，回到活人的世界，所以才胡亂揮舞看不見的手掌，試圖用那雙無形的手抓住活人。因此要盡可能屏住呼吸、壓低姿勢，隱藏自己的存在。你是回歸者，想必不怕被捲入虛爆吧？但你的失誤會在這片土地炸出一個大洞，奪走無數人的性命。少得意忘形了。一個沒死過的傢伙，哪裡會懂BT的可怕。過去還是布橋斯的一員時，山姆就被徹底灌輸了這個觀念。當時那位教官的名字和面孔已經不記得了，想當然，他應該也沒死過才對。

正因為是個死不了的回歸者，山姆很清楚在生死的狹縫間漂泊有多恐怖。

但這是無法傳達給他人、要求他人理解的事情。

曾經也希望能被理解，但時至今日，山姆已經認命了。

視野一角的地面無聲無息地下沉，他維持不動，只轉動眼珠子看往那個方向，一道巨大的掌形輪廓落在該處。右手、左手，手印像是在找東西般來回摸索爬向這裡。肺部央求著氧氣，就快失控抗議了，山姆用盡力氣克制住。額頭上的汗帶著過敏反應產生的眼淚，隨著時間雨不斷滑下。

手印不斷逼近到膝蓋邊緣，時間彷彿停止了。這是與無形的手印主人的對峙。憋氣已經到極限。山姆的視野染上血色，一陣像在反刷神經的金屬聲自大腦核心炸開。那是山姆自己身體發出的尖叫。他不自覺咬住嘴脣，血的味道在嘴裡蔓延，沿著下巴流下一道鮮紅。

手印似乎突然困惑了起來，開始向後退。

最後改變行進方向——BT遠離了山姆。

這時山姆終於把手從嘴上拿開，大大吸入一口氣，氧湧入他的身體每個角落，大腦也清醒過來。時間雨的雨勢漸歇，天空也稍稍取回一線光明。

危機暫時過去了。

再度張開嘴，不過這次是鬆了口氣。正想站起來時，山姆重新感受到背上的重量，身體也傳來一陣疼痛。這些都是此刻他還活著的證明。

正準備開始走，卻有種不自然的感覺，令山姆停下腳步。少了些什麼。彷彿一直以來精確咬合的齒輪壞掉了，而這股喪失感的來源就在他的胸口。

ＢＢ。他呼喚著，輕輕拍打圓艙。

可是觀測用的玻璃罩依然漆黑一片，沒有任何反應，ＢＢ也沉默不語。喂，ＢＢ，多虧有你我們得救了。ＢＢ，快回答我啊。喂。

嬰兒小小的雙手在微微動著，不是有意識的動作，而是抽搐。

伊格把你託付給我。我在焚化爐救了你。亡人為了讓你和我一起橫跨大陸做了調整，延後廢棄處分的時間。我往西走的理由有一部分是為了延長你的壽命啊。諸多想法在山姆的腦海中打轉。

打破了這個思考迴圈的，是銬環的震動。

『怎麼了，山姆？』

傳訊對象是亡人。

「不知道……小傢伙，ＢＢ看起來不太對勁。」

他邊回應邊確認一下艙內，但ＢＢ像死了似的漂在羊水中。

『別擔心。』

亡人的聲音相當冷靜。

『他只是暫時停止運作，可以恢復的。我可以在配送中心進行必要的維修保養，但要快一點就是了。』

那語氣彷彿在聊一臺故障的機器。這些傢伙一下說要處分，一下說要銷毀，從頭到尾都把ＢＢ當成物品看待。一氣之下，山姆單方面切斷了通訊。

★

／主結市西方／配送中心

河對岸，宏偉的配送中心映入眼中。

自從在中繼站告別喬治・巴登後，已經過了三天。山姆啟動歐卓德克附帶的感測功能，掃描河床地形，選擇一處相對平坦的淺灘徒步渡河。

沿著河水的流向，河岸旁形成一條被踏平的小路。綠草底下露出光禿的泥土地，看似一條原始的獸徑，緩緩劃出弧線通向中心入口。在山姆來到之前，一定也有不少人走過、踩踏過這片土地，比起那些建在荒野中的站點或中心等等人造建築，這樣的獸徑更讓人感到欣慰。

某人經過這裡的痕跡、積累的時間，使山姆的孤獨獲得慰藉。

患有接觸恐懼症、無法與實際站在眼前的人握手的自己，或許只能夠藉由這樣的方式和某日某時擦身而過的人產生聯繫（**嘿，山姆。如果是我，你願意牽手嗎？**）。

感應桿認證過後，山姆踏進了配送中心的領地。

靴底踩在地板上發出堅硬聲響，繼續沿著空無一人的坡道前進，汙染物清除系統開始洗淨山姆和他的貨物。在眼睛適應集貨區的昏暗前，終端機先一步辨識出山姆的身分，打開地板，露出它圓柱狀的本體。帶著一絲不快開始辦理交貨手續，山姆首先卸下背著的貨物，並堆放到櫃檯上。雖然擺脫了長時間壓在雙肩和背部的重量，位於胸口處的憂慮源頭卻變得更沉重了。ＢＢ依舊泡在羊水裡動也不動。

投影在半空的畫面顯示著貨物篩檢與清點的進度。很快的，一名在地下倉庫進行操作的工作人員以全像投影的姿態出現，對山姆開口：

「謝謝你，山姆。」

那是一幅低解析度的3D影像。雖然看不清他臉上的細節，喜悅和激動之情仍溢於言表。

「你就是唯一一名第二遠征隊的成員吧。幫我們扛了這麼多物資過來，真的相當感謝。」

點交順利完成，畫面接著跳出請感應邱比連接器的提示。工作人員似乎還有很多話想說，但山姆始終心不在焉。

「這裡終於也要連上開若爾網路了嗎……拜託你了。」

雙腳輕輕浮起，感覺自己好像在水中。生與死的世界緊密相鄰，山姆則浮游在它們的縫隙間。過敏反應再次讓他淚流不止，之前在中繼站做同樣的事情時，BB曾發出過小小的笑聲。然而這一次，圓艙裡沒有任何反應。

為了幫助BB恢復，待腳底一重新找回地板的觸感，山姆便立刻登入終端機，申請使用地下的私人間。

畫著大大的布橋斯標誌的地板，載著山姆安靜地沉入地底。地表以上可見的建物只是配送中心的冰山一角，絕大部分都埋設在地下。

一陣輕微的震動告知山姆已抵達目的地。門敞開後他走了進去，發現自己身在一間為送貨員預留的私人間內。這通常是用來恢復體力和準備下一段旅程的設施，但當下還有其他事要忙。

「亡人，我該怎麼做？」

啟動銬環上的通訊功能，山姆對著無人的空間喊道。

『山姆，先把圓艙拆下來，連接到育兒箱上。』

亡人平靜的嗓音傳來。正對入口的房間另一頭是廁所和淋浴間，左手邊有張床鋪，床的對面則是一整面類似展示櫥窗的設備存放區。一旁有個看似醫療設備的裝置，應該就是亡人口中的育兒箱。

山姆依指示拆下圓艙，看了看裡頭的情況。隔著霧化的玻璃罩，ＢＢ仍然沒有絲毫活力，他帶著祈禱般的心情把圓艙接好。

「很好。」

身旁忽然傳來人聲。轉頭看去，只見亡人就站在一旁，跟山姆並肩看著育兒箱。由於稍早已接通開若爾網路，這裡現在也能使用開若爾全像投影了。亡人看向山姆的眼睛，四目相對的剎那，山姆產生了他本人就在眼前的錯覺。

「只是一時壓力超標，產生了自體毒血症的症狀。把它送回母親的子宮裡，就能輕鬆解決了。」

亡人悄悄吐出一口氣，點了點頭。

「它的母親，就位在主結市重症加護病房裡。」

把視線移回育兒箱上，亡人指了指艙內。

「已經變成植物人了。」

靜母（Stillmother）嗎——山姆自言自語道，之前有稍微聽說過。

「沒錯，山姆。靜母的子宮可以幫助ＢＢ連接至亡者的世界。接著換你和ＢＢ連接，透過靜母的子宮，你就可以感應到ＢＴ。」

相關的解釋山姆以往都聽過。正因為ＢＢ會把活人和亡者世界連結起來，才不建議由本身具備異能的人來裝備。

但從未有人告訴他這種效果的原理是什麼。

「這些圓艙的設計目的，就是要模擬母親（Stillmother）的子宮環境。得讓ＢＢ一直相信自己在子宮裡，它們才有辦法發揮功能。」

亡人的手臂穿透了育兒箱上的隔板，甚至從圓艙玻璃罩上滑了進去。他扭動手腕，看上去像是正在操作銬環。

「只不過，沒辦法長時間騙過它們，畢竟物理上分隔兩地。所以才必須定期進行同步。」

說話的同時，亡人的手也在不安分地動著，繼續從遠端調整圓艙。

「以往為了同步資料，必須用有線的方式將圓艙接上母體，不過在接通開若爾網路的區域就不必再這樣做了。我這邊也是不久前才由你幫忙連上線的。」

圓艙內開始發光，光線從育兒箱透出。才感覺到鼻腔深處的異樣感，眼淚立刻就流了出來，亡人的身影不自然地扭曲，房內也冒出一道倒掛的彩虹。開若爾網路將ＢＢ和他位於主結市的母親聯繫在一起。

「艙內的環境正在更新到最新狀態，這樣它的自體毒血症，就能透過重新進入母親的子宮得到修復了。如果這東西算是個嬰兒的話，它現在還處於離不開肚子的時期。」

所以使用ＢＢ打造的抗ＢＴ感測系統，是靠著欺騙他才得以運作？你還沒被生下來，你還在媽媽的肚子裡，你還和媽媽聯繫在一起。持續說著這樣的謊，只為了保護活人的世界。這世界真值得你們做到這種程度嗎？山姆嘆了口氣，凝視著圓艙中的ＢＢ。

但這並不代表他就該放棄這個小傢伙。

山姆用指尖敲了敲圓艙。一這麼做，ＢＢ隨即睜開眼睛，對他微微一笑。山姆不由得也笑起來，但一想起亡人在旁邊，笑容馬上就消失了。

「看來它回來了。」

對說出這句話的亡人，山姆默默點頭。

「我會調整一下催產素的劑量，之後就不會那麼快發生自體毒血症了。」

ＢＢ在艙內轉來轉去，從玻璃罩對面伸出小手。而就好像被吸過去似的，山姆將右手疊了上去。誰管亡人怎麼看。小傢伙得救了。

「山姆，ＢＢ只是一件設備，盡量別投入感情。它們都是從靜母的子宮取出來的，因此都有難以預料的風險。圓艙終究只能提供一個虛擬的環境。」

亡人的語氣就像導師在訓誡新人。

「據我們所知的耐用紀錄，目前還沒有ＢＢ能運作超過一年。說不定這趟遠征還沒結束，這個ＢＢ就撐不住了。」

「撐不住會怎樣？」

意思就是BB不過是消耗品。亡人沒有正面回應山姆的問題，作勢離開。

「沒辦法幫他嗎？」

「現階段，我們對BB的理解還相當有限。等開若爾網路進一步擴展，救回更多過去的資料，或許就可以找到解決方法……」

亡人輕輕聳肩，咕噥道。後半段似乎不只是對山姆，也是對自己的反問。

他左右搖晃抬起的手指：

「總之先去休息一下。BB恢復體力後，接下來該輪到你了。這幾天想必累壞了吧？接下來的目標是港結市，勢必又有一大段路要走，你就慢慢養精蓄銳吧。晚安，山姆。」

留下一個微笑，亡人無聲無息地消失了。

山姆獨自──或者說，獨自和BB一起──在私人間裡醒來。他似乎直接坐在床上睡著了。雖不曉得睡了多久，但從解開的頭髮還沒有完全乾這點來看，時間大概不長。然而，安裝在床邊的生命徵象監測設備，顯示出這段期間銬環曾採集過山姆的血液。不過才小睡片刻，居然就被抽血了。

在各設施的私人間裡，山姆每次睡覺、洗澡、大小便時，體內的血液、老廢物質、尿液和糞便都會被收集起來並進行分析，這點在他離開總部時就被告知過了。首要任務雖然是管理好山姆的健康狀態，觀察和研究回歸者的獨特體質也是目的之一。

──順利的話，說不定能藉由這項分析，釐清這個世界和交界、冥灘、亡者世界之間的關聯。

那個自稱心人的男人是這麼向他解釋的。隔著眼鏡的雙眼，閃爍著令人生畏的智慧之光，山姆回想著，那眼神同時也蘊含一股奇特的豁達，彷彿看過了世界的終點。雖說山姆只有透過低解析的全像投影和語音與他接觸——有人說在布莉姬逝世當下，現身病房哀悼的心人其實也是全像投影，山姆卻毫無印象——他仍十分篤定。

正因為明白這點，山姆總覺得不太舒服，好像心人在窺伺著他體內某種連自己都無法掌握的部分。沉睡在內心深處，不為人知的什麼。那東西透過無數的血管和毛孔滲出體外，覆蓋在山姆身上，纏綁著他，直到無法動彈。就像一隻毒蛛困在自己的網中，被自身的毒液殺死。

這惡夢般的畫面令他喘不過氣。

回過神，他正緊緊抓著掛在自己的脖子上的捕夢網（**那是我給你的。是能把惡夢變成好夢的護身符喔**）。

天花板的燈瞬間暗了一下。

待山姆抬頭看時，燈已經恢復正常。

倫敦鐵橋垮下來，垮下來，垮下來——

聽見哼歌聲，山姆將目光轉向來源。

亞美利站在山姆面前。

「山姆，看得到我嗎？」

亞美利覺得刺眼似地瞇起眼，伸出手來。山姆鬆開抓住捕夢器的手，朝她伸去（**你願意牽我的手嗎？**）。

雖然早有預感，那隻手臂還是穿過了亞美利的身體。這個她是全像投影出來的。栩栩如生、和真人毫無二致的亞美利。

根據頑人的說明，重建亞美利影像的本地數據，都是第一遠征隊西行時沿途存在各布橋斯設施裡的。原本是為了傳達總司令官亞美利的指示，但不知何時開始，目的變成了讓駐紮人員能隨時瞻仰亞美利這位遠征隊的精神象徵。無論如何，這些資料讓他們能完整重現亞美利的全像投影，即使她所在的緣結市還未接通開若爾網路。

「那邊狀況如何？」

微微延遲後，亞美利似乎在環視四周，接著回應：

「沒人監視我，當然，我也沒被綁起來，但還是沒辦法離開。可是如果你能把開若爾網路擴展到這裡，如果你能找到我——我們就可以一起回東邊去。」

亞美利望著山姆的眼睛。

「人類天生就不適合孤立，我們是追求團結、相輔相成的生物——如果不能讓這個國家重獲新生，再一次聯繫眾人……」

凝視遠方，亞美利似乎在尋找著什麼。也可能她只是在猶豫。沉默雖令人難以忍受，山姆對此卻無能為力。他只能呆呆地看著亞美利脖子上戴著的黃金首飾，從胸口處岔開的幾條金色繩結搖晃著，那是古代印加王朝流傳下來的飾品，叫作奇普。

「就會像布莉姬說的一樣，『滅絕』。」

「重建美國並不會讓BT消失。BT不除掉，我們遲早會被吞噬。」

對山姆來說這才是真理，亞美利聽了仍露出微笑：

「但至少有個希望——山姆，我會等著。等你。快來找我。」

心律儀的電子蜂鳴聲聽起來有如尖叫。

心電圖畫出一條水平線。

站在床邊的頑人瞪了山姆一眼，你來遲了。總統已經死了。山姆錯愕地站在原地，身後的門再度開啟，亡人跑了過來。瞧你做了什麼？都是你的錯。

不是的，他正要辯解，頑人左右兩旁突然出現一男一女，是心人和瑪瑪。你必須贖罪。我們一定要讓你贖罪。

布莉姬會死都是因為你、你、你、你一直不停在逃避。你要負起責任來，山姆。

他閉上眼睛，以緩解頭暈。

又打算逃跑嗎？

布莉姬的聲音響起，睜開眼，山姆努力閉嘴不讓自己叫出聲。在場所有人都戴著和頑人一樣的面具，甚至連床上的布莉姬也不例外。

你並沒有做錯什麼喔。我在等你。

門外傳來亞美利的聲音。逃吧。逃離這裡，逃離這個惡夢。他轉身看去，亞美利確實在那，但想大叫的衝動再次湧上來。

來吧，山姆。帶我走。

亞美利也戴著那個面具。

慘叫聲震耳欲聾。直到片刻之後，他才意識到這是他自己的叫聲。

醒來時，他的右手緊緊抓著捕夢網，用力到甚至有些發麻。

★

／／美利堅合眾國東部

明明是大半夜，南邊的天空卻染成了紅色。

有人說那是因為這座城市已經延燒一個多星期了。

如果往南走，靠近那座燃燒的城市，不曉得會不會多少暖和一些。

當他揉著因寒冷而失去知覺的指尖，想像著這一切時，把頭埋在他腋下睡著的弟弟輕輕呻吟起來。想必是在說夢話吧。弟弟雙眼緊閉，手中握著一個掛在脖子上的小小太空人公仔，與維克多的配成一對。這是他們兩人的英雄，一個名叫盧登斯的太空騎士，兄弟倆熱中的一款遊戲中的主角。

用來代替毛毯，他將一件成人尺寸的大衣拉高到下巴附近。腐爛的血肉味刺激著鼻腔，這是他昨天從某個奄奄一息、變得不能動彈的男人身上搶走的。

位於加油站後面的廁所，因為門和馬桶都壞了，也沒有水，空氣中瀰漫著尿和糞便混合的氣味，沒有任何人會靠近，於是成了這對小兄弟熬過這一夜的最佳場所。還要多久天才會亮？維克多．法蘭克咬緊牙關，抵禦著寒意，腦中只能想這件事。對於剛滿六歲的維克多和四歲的伊格來說，這個夜晚彷彿將永遠持續下去。

天亮時，拖著哭哭啼啼的伊格，維克多開始往東走。只要往東，設法抵達東海岸的話，總會有辦法吧。某人這麼告訴過他，而他也信了。但他其實不明白究竟是誰、又要怎麼給兄弟倆「辦法」。

因為是清晨，東方很容易分辨，只要向著太陽走就好了。吐出來的氣息依舊霧白。太陽雖已經升起，薄薄的雲層卻使熱量無法完全傳到地面，打從那天起就一直是這樣。雖然大人們常這麼說，維克多至今仍不曉得他們口中的那天到底是指什麼時候。

也許是在說網路斷掉、電視忽然不能看那天吧。因為沒辦法打電動，也看不了影片，讓維克多很不開心。爸爸和媽媽也一直抱怨看不到新聞，社交軟體又連不上，根本不曉得發生了什麼事。

過沒幾天，他們就開始大聲地咒罵對方。

弟弟才四歲，爸爸媽媽卻一直吼他，嚇得他哇哇大哭。六歲的維克多討厭會弄哭弟弟的爸媽，但現在已經可以理解了，他們當時應該都覺得很不安吧。

因為美國各地同時發生一連串不明原因的大規模爆炸，政府機能完全停擺，北美大陸被撕裂成兩半、彼此隔絕。

然而，奇怪的謠言和無法確認真偽的資訊，反倒以驚人的生命力滲透至城市內部，將人們進一步帶入焦慮猜疑的深淵。

有人說，這次爆炸是某國發動的軍事攻擊。不，是一場全球性的天災。神的憤怒。死者的復仇。如果不把死掉的人火化，這片土地就會被死人填滿，成為亡者的國度。

自殺率急劇攀升。與之相對的，謀殺案也暴增了。鄰居彼此相殘，殺不了人的要不自盡，要不就逃到別的地方去。

某天，維克多的父親像個酒鬼般喝得爛醉，上吊了。

是伊格在浴室裡發現了他。

媽媽在半瘋狂的狀態下，把爸爸的屍體抱下來，放入浴缸裡，用汽油代替熱水淋了上去。然後當著兩兄弟的面，在自己身上也澆滿汽油，點燃。

當時聞到的頭髮和肉體燒焦味，至今還殘留在鼻子深處。

大火吞噬他們的父母，燒毀浴室，最後連維克多和伊格的家都燒掉了。

無家可歸的兄弟牽著手，在夜晚的街上遊蕩，轉眼他們就已走在郊外未經鋪設的泥濘路上。究竟走了多少天，又是如何熬過飢餓的，如今記憶已非常模糊。當時所有人看起來都像殺人犯，因此很自然就會往城外的方向走。

從加油站出發後一路往東，道路最終接向一片枯萎的玉米田。冬季的太陽已經升到了天空的最高點，然而氣溫卻不見任何回暖，在田野的另一頭看得到黑煙升起。

他們手一鬆，停下步伐。主動放開手的伊格蹲下去，他的運動鞋鞋帶已經斷了。我們休息一下吧。維克多這麼說著，在伊格身邊坐下時，一股討厭的氣味撲鼻而來。肉燒焦的味道。他暗暗一驚，迅速把鼻子湊近伊格，但只聞得到泥土、汗水和尿騷味。

一陣強風吹來，怪味也愈來愈濃。是那個時候的味道。爸媽屍體燒焦的味道。維克多踮起腳尖，望向上風處，那道黑煙一定是有人在燒屍體。想到這，他忍不住哭了出來，因為太害怕了。

伊格跑來握住他的手，無奈之下，兄弟倆只好原路折返。

腳實在痛得受不了，而且鞋底磨破了，連走路都很困難。一路上兩人都沒有說話，一直走到焚燒屍體的味道漸漸聞不到後才停下，蹲坐在路邊。之前明明不斷朝太陽的方向前進，現在卻在追逐落日，這樣下去不就要被帶回那座城市了嗎？

寒氣開始滲入腳底，夜晚又要來了。正在思考哪裡可以避寒，卻聽到東邊傳來汽車的引擎聲。

聲音從剛才的玉米田逐漸靠近。

該怎麼做？

正當維克多準備抓起伊格的手跑掉時，他跌倒了。腳踝以不太妙的方式扭了一下，臉整個栽進泥濘裡，塵土的味道在嘴裡擴散開來。汽車大燈打在兄弟倆背上，他能記得的部分就到這。

當他們醒來時，蓋在身上的不是一件散發腐臭的大衣，而是帶了點霉味的薄毛毯。然而他們並不覺得冷，看似禮堂的空間中央放著鐵桶，火在裡面燒著。鐵桶另一側能看到祭壇，這是一間教堂。

維克多正準備從躺臥的硬木椅上起身，卻感覺腳踝一陣疼痛。他低頭看去，腳上纏著亮白色的繃帶。

噢，你醒啦。

粗獷的嗓音。但聽起來十分悠閒，令人感到安心。抬頭一看，眼前是張濃密頭髮和鬍鬚缺乏打理、長得像熊的男子臉孔。在他微髒的連身工作服上，印著聯邦快遞的標誌。

還好嗎？肚子餓不餓？

那人說著，朝他伸出一隻手。維克多受到引誘般也伸出了手，接著完全被厚實的大手掌包覆住。

等到他有餘力看向四周，才發現這間小教堂裡還有不少人，身上也都裹著毯子，就像維克多他們一樣。這是一個因行政機能停擺、被迫自力更生的人們自發性聚集在一起，互助求生的地方。

這裡成了延續維克多和伊格幼小生命的連接點。

★

維克多只好對著通訊終端，要求對方重複一次訊息。音訊混雜著可怕的噪音，讓他懷疑自己是不是聽錯了，但再次傳來的通知還是一樣。

『中央結市已被虛爆完全消滅。』

什麼意思？他把這句話嚥了下去。中央結市是布橋斯總部所在地，這是否意味著UCA重建計畫的中樞已經崩潰了？通訊端接著表示，這起虛爆可能是由恐怖攻擊所引發，請駐布橋斯設施和各結市所有人員務必提高警覺。

難以置信。自己究竟是為了什麼才志願加入遠征隊、一直死守在這個地方？難道他和伊格在那間教堂撿回來的這條命，以及立志為復興美國奉獻出這條命的人生，就要這麼落幕了？

幸好這都只是杞人憂天。

『中央結市雖失守，但總部順利遷建至主結市。放心吧，奉總統之命，第二遠征隊稍早已出發。』

依然是被雜訊淹沒的聲音，但這次維克多沒有要求複誦。因為害怕自己聽到的會被推翻。

通訊結束後，維克多大大地吐了口氣。相隔三年，終於能再見到那傢伙了嗎？上次接到在屍體焚化小組工作的弟弟伊格的聯絡，已經是約莫半年前的事了。哥，我也被選入遠征隊了。你知道嗎？我們要帶著邱比連接器連結整片大陸，所以當然也會去哥那裡。之前被時間雨淋到，害我老了不少，搞不好看起來已經比哥還像個老頭囉。見面時可別笑我啊。不過等我們出發，美國就真的復活了。

腦海裡浮現伊格驕傲的聲音。

沒錯，美國是不會輕易消失的。

維克多在腦中勾勒出一張大陸地圖。如果第二遠征隊剛啟程，他們需要多久時間才能抵達這座港結市？假如遠征計畫的路線不變，應該是先往中繼站走，經過配送中心，再往這座港結市推進。沿途已發現了幾處擱淺地帶，就算避開了，謬爾驢人活動的區域也會成為阻撓。即使成功躲過這兩種障礙，他們也得設法穿越險峻崎嶇的荒野。

所有隊員安然無恙地來到這，可能性並不高。

如果伊格能平安抵達，當然再好不過，但維克多嚴厲地告誡自己別祈禱或抱太大希望，否則一不留神就會開始幻想再次見到伊格的情景。現在還不是時候。他必須閉上眼，不被眼前微小的幸福所惑，專心想著遠方正要結出來的碩大果實。

維克多伸手碰觸藍色制服上的布橋斯標誌，不禁回想起那天，拯救他們的那位熊一般的男子衣服上的聯邦快遞商標。

的。
當他張開右手時，掌中留有網狀的壓痕，是握緊捕夢網時留下的。
坐在私人間的床上，山姆看著這片大陸的原住民所使用的護身符。亞美利曾說過它能把惡夢變成好夢，山姆並不清楚實際效果如何。
總覺得自己一直在做惡夢，甚至有種從沒離開過夢裡的感覺。關於亞美利，關於搬運和焚燒布莉姬的遺體，關於背著貨物一路往西走，這一切都像是個胎兒在母親子宮裡沉眠時做的夢。
如果只是夢，那就這樣吧。沒有確切的現實也無所謂。
『山姆——』
頑人的聲音打破了寂靜。由於這裡目前已接上開若爾網路，音訊清晰得彷彿本人就在面前。山姆甚至可以透過面具聽到他的呼吸聲。
『有充分休息到嗎？』
總部明明一直在監測他的生理指標，根本沒必要問吧。
『你的下一個目的地，是港結市。』
指揮官沒等山姆回答，逕自開始任務簡報。牆上的顯示器出現一幅地圖，以東端的主結市為起點，經過中繼站再到達這個配送中心，上頭準確地描繪出山姆目前的足跡。隨後一條直線由此地開始向西延伸，來到位於大陸中央的一座大湖，某座結點都市緊鄰著被稱為「原爆點」的巨大湖泊，那就是港結市。

然而要按照地圖上顯示的直線前往是不可能的。他必須繞過只能用設備穿越的地形，避開擱淺地帶、一面遠離謬爾驢人活動的區域一面前進。這得花上多長的時間？

『聽著，山姆。一旦我們將開若爾網路擴展到那，就能清楚看見之後的展望。這不僅僅是把點連成線那麼簡單，它將化為一個面，大幅提升開若爾網路的涵蓋範圍。這樣一來，不只資訊能共享，就連無機物都可以透過遠端複製技術，用開若爾列印機重現出來，達到實際「傳送」物體的境界。它將為你後續的旅程提供許多有用的裝備和裝置。』

所以連接開若爾網路是有價值的，重建美國意義重大。指揮官用條理分明的方式重新闡述完這些意涵，就單方面切斷通訊。

山姆走進淋浴間。他的身體狀況從來稱不上萬全，總帶著一些大大小小的傷，只能刻意忽視，持續地送著貨。一直以來都如此，以後大概也是。熱水拍打肩膀，順著背、腰部往下流，浸溼雙腳。左腳拇趾有股鈍痛感，原來趾甲已經掀起來了。他彎腰把趾甲剝下，鮮血泊泊冒出，隨著趾甲一起被熱水帶走，消失在排水孔。

離開淋浴間後，山姆噴上止血劑包紮一下傷口，接著套上汗衫、穿上制服，做好出發的準備。

BB閉著眼睛，在育兒箱上的圓艙裡漂浮。當山姆解除連線，取下圓艙時，寶寶瑟縮了一下。為了不吵醒他，山姆小心翼翼地將圓艙裝回胸前的裝置，盡可能不製造壓力、盡可能讓他感到平靜地輕撫著。

離開房間，山姆搭上通往地面的電梯。

感受腳下地板上升的震動，他將ＢＢ圓艙和自己的臍帶連接起來。

一種類似嚴重貧血的不適感襲來，刺耳的金屬摩擦聲在耳中響起，視野漸漸變窄。脊柱彷彿被抽掉了，身體界線變得模糊不清，這種不穩定的感覺應該幾十秒後就會消失。

但它沒有。

山姆的視野愈縮愈小，顏色也跟著斑駁脫落。黑白的世界猶如斷電般暗下，讓他一度以為自己要暈倒了，可是也沒有。他的意識還在，思考並未停止。純粹的黑暗支配了山姆的世界，身體溶進那片黑暗，使他淪為徒具意識的存在。

——ＢＢ。

耳語聲。是誰，他想問，可是嘴動不了。

彷彿掩蓋一切的布幕被掀起，光線照了進來。

——ＢＢ。

又聽見了。是男人的聲音。那個男人正在盯著這邊。

——ＢＢ，是爸爸喔。

光線消失了，男人的手掌遮住了他的視線，所以什麼也看不到。好想逃，但感覺不到自己的身體。束手無策。既沒辦法閉上眼，也無處可躲，什麼都做不了。不清楚主人是誰的手掌正在向他逼近，那隻手攫住一切，把他的一切都奪走了。拜託別這樣。唯獨這個不行。這是他心中唯一湧現的情感，但山姆無能為力。

取而代之地，ＢＢ開始哭了。

ＢＢ之所以哭，是因為害怕那隻向他伸來的手。

ＢＢ，我會保護你。不會讓任何人把你從我身邊帶走。

這股意識讓山姆的身體感官恢復過來，失去的輪廓重新顯現，色彩也回到視野中。

「沒事了，ＢＢ。」

嘴裡念著這句話，山姆就能找回自我。

電梯已抵達地面樓層，ＢＢ也停止哭泣。

背上的貨物重量持續增加，和ＢＢ連接時的神祕幻象也讓山姆感到沉重。那個人是誰？爸爸是指？是不是因為自己身為異能者，連接時才會看到那些畫面？

要寄送給港結市的援助物資和對ＢＴ武器壓在背上，那些就是貨箱的內容物。根據指揮官的解釋，不僅僅是重量，其重要性也非同小可。人工保存的精子和卵子占了援助物資的大部分，在人口流動性極小、甚至沒有流動的封閉都市裡，需要適度引入外界的血統。否則一代又一代交配下來將導致基因同質化，喪失多樣性，削弱這個物種的生命力。所謂「援助」，指的是對人類共同未來的援助。

除此之外，更重要的是那些對ＢＴ武器。

這些武器都是用山姆排出的血液和體液製成的。據了解，建立武器理論架構的人是心人，付諸實現的設計者則是瑪瑪。瑪瑪是布橋斯的核心成員，也參與了第一次遠征，身為一位理論物理學專家，據說也帶頭指揮了邱比連接器和開若爾網路的研發。她現正駐守在南結市附近的實驗室裡，位於大陸中部，原爆點西側。按照出發前指揮官給山姆看的資料，記得是位挽起長髮、戴著細框眼鏡，上半身穿背心的女性。

山姆做為回歸者的特殊體質，可能會對ＢＴ發揮某種效果，因為他算是一種「特殊的死人」，這就是該武器要證實的理論。在之前的經歷中，山姆已隱約察覺這種可能性，因此能毫無抵抗地接受布橋斯的說法。不管是和伊格一同遭遇ＢＴ而受傷時，或是背著布莉姬前往焚化爐、咬破嘴脣時流出的血，之前有過好幾次，ＢＴ似乎顧忌著山姆的體液。

然而，這些終究離不開假設的範疇。明明未經證實，卻被當成物資配送到各處，山姆同樣也背負著這股矛盾。

他必須不斷去做些前人從來沒做過的事。開若爾網路或對抗ＢＴ的手段都是這樣。因此，這趟前往西方的旅程，本身就是一場盛大的實驗。

從這層意義上說，山姆的身體只是一件工具，用來完成當前任務。布橋斯也許是這麼想的吧。但在山姆意識到時，身體早已適應了這種使用方式。他的步伐愈邁愈開，腳上的水泡破裂磨成繭，腳板也變得又厚又硬。攝取的能量在轉化為脂肪和肌肉前，就先變成了行走用的燃料。

山姆陷入了自己的身體已經成為機器的想法中，對於布橋斯而言，ＢＢ恐怕也是。所以亡人才一直把ＢＢ叫成一件裝備。

一陣微風吹來，輕撫山姆的臉，使他舒服得瞇起眼。總覺得ＢＢ好像也笑了。遠處的山稜線難得如此清晰，它是山姆路途上的險阻，但從這裡來看，山無疑是崇高、甚至美麗的。那是一種絕非人力所能創造的壯麗景象。

這種思緒十分矛盾，但不就恰恰證明自己並非機器，而是活生生的人嗎？同理，一個會笑、會害怕、會因壓力而引發自體中毒的ＢＢ，絕不是什麼裝備，而是一個人。

他曾經聽一個送貨員同行說過，大多數送貨員因工作而感到受挫，都是出於心理，而非生理層面。許多同行默默地走了數百公里遠，導致心靈殘破不堪。身體雖然也會出毛病，只要不致命就治得好，在這之前，先崩潰的往往是精神，讓他們感覺再也走不動了。所以一般會建議送貨員結伴同行，或組成小隊，像山姆這樣的獨行俠儼然是少數。

銬環發出提醒，亡人正以無線電呼叫。

『ＢＢ的狀況如何？』

這裡還在開若爾網路的涵蓋範圍內，所以聲音很清晰。

「可以問你一件事嗎？」

山姆望著自己胸前的ＢＢ發問。

「每次我接上ＢＢ時，都會看到一些畫面。有張人臉，盯著這邊在說話，『是爸爸喔』之類的。」

他能聽到亡人那戲劇性的嘆息。

『所以我不是警告過你嗎？ＢＢ的記憶逆流到你身上了，因此讓你產生某種幻覺（Flashback）。容我解釋，ＢＢ在靜母體（Stillmother）內受孕二十八週時就被取了出來，直接移植到圓艙，嚴格來說，這發生在它出生之前，導致它停止發育。』

ＢＢ抬頭看了看山姆。有那麼一瞬間，他們目光相接了。停止發育？實在難以置信。

『即使如此，它的感官系統，比如視覺和聽覺等五感也接近成熟了。我認為它保存在記憶中的資訊或外部刺激，藉由連接滲透進了你的腦中。』

「所以我看到的那男的是誰？」

『也許是醫療團隊的人，或製造時的相關人士，誰曉得呢？那個ＢＢ做為裝備已經流通一段時間了，經手過很多人，很難過濾出到底是誰留下了印象。』

「所以你什麼都不知道？」

山姆的語氣不禁變得有些苛刻。

『很抱歉，在我來的時候，那玩意——也就是ＢＢ·28就已經在布橋斯了。關於ＢＢ的研究行之有年，只是中間被封存了很長一段時間，理由是風險太高，不適合當成裝備使用。以現階段來說，ＢＢ的內在基本上就是個黑盒子。』

亡人滔滔不絕為自己辯解。這種說法山姆以前也聽過，身為一名送貨員，他會接觸到各種真假難辨的傳聞。其中一則是分離主義武裝分子取得了儲存在前政府智庫中的紀錄，藉此重現ＢＢ，而視之為風險的布橋斯則反過來竊取了這項技術。不過，至少在山姆還在布橋斯時，與ＢＢ相關的技術根本就沒有被討論過。

『雖然我一直有在研究，但大部分的舊紀錄都不見了。』

亡人的聲音聽起來不像在說謊。

『總之我會持續調查BB，如果有什麼發現，一定會告訴你，好嗎？』

做為新生命誕生前，就從母親的子宮裡被取出的BB；聲稱自己與死者相當親暱的亡人；以及身為回歸者的自己。要說這三者有什麼共同點，就是都不是什麼正經的活人。

當山姆穿過山坡後，視野豁然開朗。遠處可以看到人造建築的輪廓，終於要抵達緊鄰原爆點的港結市了。這座城市被城牆包圍，保持封閉、盡量避免與外界接觸。住在那裡的人們，都是正經地活在這世上的活人。

山姆深深吐出一口氣，踏出腳步。

★

／／港結市

這裡就像一座太空站。

維克多．法蘭克如此看待建在港結市外圍的配送中心。

生活在封閉的室內，雖然稱不上自由舒適，但還能夠忍受；要想開門出去，就得有合適的裝備；與其他生存圈的人在物理上有所隔閡，不易於交流。這些地方都很相似。

當然，他從來沒上過太空，都是從小時候看的電影和電視劇中學來的。虛構故事裡的太空人，往往是具有開拓精神的英雄，肩負著挑戰太空邊境的使命。對維克多來說，投身由布橋斯組織的遠征隊，意義並不亞於成為一名太空人。

過去，這個國家的先人們由東向西探索邊境，當他們來到西部的盡頭，疆界於是消失，便試圖向大陸之外尋找新邊境。不僅限於水平運動，甚至也往垂直方向發展，朝太空擴展疆域。然而隨著死亡擱淺發生，人類被切斷了通往宇宙的道路，一度升空的開拓精神（Frontier spirit）又恢復成水平運動重新來過。

與過往有著決定性不同的是，這並非一次領土擴張，而是要將這片土地重新打造成新天地（Frontier），也就是開創未來的運動。這就是布莉姬總統和布橋斯的ＵＣＡ重建計畫主要精神。

雲端播放的戲劇節目，令年幼的維克多和伊格兄弟領會宇宙的魅力，但回過頭來看，人們可能也因此而畫地自限了。他們可以在不走出房間的情況下享受古今娛樂作品，獲取各種資訊，靠社交媒體與他人互動，必需品和奢侈品全都能在網上購買。

而死亡擱淺摧毀了這一切。

人們被切斷聯繫彼此的雙手，和賴以行走的雙腳，只剩下一個軀幹。為了讓這具無法動彈而任其腐爛的軀體重獲新生，首先需要的是精神（Spirit）的力量。這一點在ＵＣＡ重建計畫獲得體現，具體再生出來的手腳，即是開若爾網路。

這項計畫展開前，這片荒野是由送貨員勉強聯繫起來的。那也許是細小又脆弱的手腳，很容易就會折斷，卻是讓受困的人們不至於腐爛的生命維持系統。當時拯救小兄弟倆的那位如熊一般魁梧的男子，也是某家美國企業的送貨員。

成為布橋斯的一員，承擔起美國精神的一部分，對兄弟倆來說，就是找回了童年的夢想，重新連結起被切斷的人生。

維克多的思緒被螢幕發出的電子音打斷。配送中心的感應桿提醒他有人踏入了這個區域，不是警告，而是允許進入的歡迎音效。布橋斯的送貨員到了。螢幕顯示出對方的資訊，送貨員名叫山姆·波特·布橋斯，隸屬單位——維克多簡直不敢相信自己的雙眼——第二遠征隊。獨自一人。這是多麼荒唐。

遠征隊光是抵達這裡，就已經折損到只剩下一個人了嗎？幾乎等同全軍覆沒了。如果我們還踏不過大陸中線就變成這副模樣，那麼任何重建計畫都是痴人說夢。與伊格的重逢也是。

在他思考這個問題的時候，山姆·布橋斯已經通過中心入口，啟動了配送終端機。他帶來的大量包裹一件一件被卸進集貨區。維克多看著地下室螢幕上的總量，簡直不敢相信這是一個人送來的。

包含當地難以取得的建築材料、藥品以及人工保存的精子和卵子，要維持一座結市運作，這些都是不可或缺的援助物資。正當維克多在確認盤點結果時，螢幕上跳出一件陌生的貨物——「對BT武器」，標籤上這麼寫著。從來沒聽說過。如果按字面意思解釋，這是一種能對BT產生效果的武器。沒人告知他這種東西已經被開發出來了，必須聯繫總部或詢問送貨員山姆，才能得到更多資訊。

除此之外，還有無數的事情要問。

維克多打開通往一樓的通訊線路，他面前的顯像器上冒出山姆的全像投影，同時，維克多的全像投影也現身在山姆面前。

本想先開口說些慰勞的話，維克多卻忍不住倒抽一口氣。

全像投影中的山姆，看起來就像個亡靈。束在頸後的頭髮已跟沒綁差不多，凌亂的瀏海遮住了半邊臉，削瘦的臉頰也被略帶幾絲斑白的鬍鬚覆蓋。他的雙眼低垂，目光卻炯炯有神。雖然長得一點也不像，但讓維克多想起了那個救他們兄弟一命的熊一般的送貨員。藍色制服弄得頗髒，有些地方似乎還沾著血跡，如果這不是全像投影圖，想必能聞到一股野獸的氣味。

如果這個男人是第二遠征隊的唯一倖存者，想必發生了什麼奇蹟吧。所以他必須和這個人談談。咬著脣，維克多再次打量衣衫襤褸的山姆——

「那是什麼？」

思路還沒整理好，嘴就先動了起來。

「你從哪弄來的？」

維克多指向裝在山姆胸口處的ＢＢ圓艙。山姆低頭看著圓艙，一臉納悶。

「那個人偶。」

他在褲袋裡翻了翻，拿出同樣的人偶舉給山姆看，是太空人盧登斯。

「就是他啊！喏，你手裡也拿著同樣的東西吧？」

山姆瞇起眼睛，視線在維克多的盧登斯和圓艙上掛著的盧登斯之間來回。

「我拿到這個ＢＢ圓艙時，它就已經在上面了。」

「誰給你的？」

山姆的目光在空中遊走，痛苦地扭曲著臉。

「屍體焚化部的伊格。」

「伊格是我弟弟。」

山姆並沒有提到遠征隊。這就意味著他的胞弟，已維持著屍體焚化部成員的身分喪生了吧。中央結市遭遇虛爆而毀滅，原先整編的第二遠征隊也被迫重組，最終名單就是這個人——山姆．波特．布橋斯。單槍匹馬的遠征隊。

「他臨終前，我跟他在一起。」

緩緩地，彷彿在斟酌用詞，山姆開口說。

「我們在運送一具屍體時被BT包圍，它們抓住了伊格。他直到最後都沒有放棄，甚至想犧牲自己來阻止虛爆。最後他把這個給了我，要我『快跑』。」

發現自己緊緊抓住了手中的盧登斯，維克多努力讓自己的聲音不顫抖，緩慢地開口：

「這樣啊。」

山姆的沉默是種肯定的信號。已經再也見不到那傢伙了。

這也是沒辦法的事。維克多喃喃自語，內心的動搖如海潮般退去了。那些情緒並沒有消失，經過一定的時間，想必又會再度湧上來吧。到時候再好好悲傷，好好後悔，好好哀悼足矣。

「那你呢？」

他問山姆。

「經歷那樣的災難沒多久，就又接下這樣的差事？」

先不提曾出現在虛爆現場，眼前這個男人可是獨自背負遠征隊之名走到這。果然是奇蹟。

原來如此，我懂了。這個人——維克多聽說過他——就是那個回歸者山姆？直到十年前，他都還隸屬於布橋斯，是比任何人都備受期待能領導UCA展開重建的人選。假如山姆・波特・布橋斯真的回來了，即便是孤軍奮戰的遠征隊，也能創造奇蹟。

山姆不可能知道維克多內心懷著這種想法，他默默舉起了脖子上一串像是項鍊的物體。飄浮在山姆手掌中的六塊金屬片——那是邱比連接器。維克多一看就明白了，於是立刻操作設備。

「你果然是第二遠征隊。那玩意終於完成了嗎……好了，現在就啟動開若爾網路，把這裡和UCA連接起來吧。」

這一刻，自己究竟夢見過多少次？

不曉得管制塔是否也聽見了。長久以來飄蕩在虛空中的這個地方，如今已和家鄉相連起來，正如城市之名，這裡也成為了一個結。山姆不單只是一名送貨員，也是一位孤身征服這片荒野的太空人。

「那個人偶你留著吧。代替伊格，希望你能把他算進第二遠征隊的成員中。」

也許只是他自己的想像，山姆的臉看起來有點高興。那就好，維克多釋懷了。「我知道了。」將吊在圓艙上的盧登斯人偶握在手心，山姆回應道，不是用從地獄深處歸來的亡靈面孔，而是恩賜天上富饒的熾天使之聲。

不過維克多聽到的天使之聲並非幻覺。

『謝謝你，山姆。』

他永遠不會忘記那個能讓天上聖歌響起的音色。聲音的主人不是別人，正是帶領維克多等人展開遠征的亞美利。

★

山姆抬頭看了看全像投影出的亞美利。她被軟禁的緣結市還沒有接上開若爾網路，所以山姆看到的是從西岸發送、在有線和無線之間進行訊號轉接，再根據記錄在這個配送中心的資料重組出的影像。雜訊反覆干擾，亞美利的身影破碎，聲音也不甚清晰，但那姿態和語調卻與山姆記憶中的她如出一轍。

『港結市現在是UCA的一部分了，這裡不再是一個孤立之地，能開始享有開若爾網路和UCA提供的所有好處。但山姆，做為代價，這裡也成了仇恨「美國」的分裂主義（Demens）極端分子攻擊目標。然而這也是沒辦法的事。繼續分離的下場就只有滅亡，但倘若大家團結起來，或許就能把各種可能性延續下去。必須創造的未來就在那裡，即使意味著得犧牲現在。』

當山姆聽著亞美利的聲音時，他感覺到一種無法弭平的距離，當然，指的並不是這裡和遙遠的西岸之間的物理距離。

『嘿，山姆。就算這樣，大家也都在等你喔。你一定能讓他們再次完整。』

啊，我懂了。當山姆想通那股異樣感的本質時，通訊早已切斷。亞美利消失了。在這短暫的通話中，亞美利一次也沒說過「我」，說的都是「大家」。

疑似聽見了遠方的雷聲，山姆不禁回頭一看。這裡是半地下化設施，所以看不到外界的情況，但照理說城市地區應該不會下時間雨才對。

帶著幾分狐疑，山姆搭乘電梯下到了位於地下的私人間。伴隨下沉感，猛烈的睏意朝他襲來。

從睡夢中醒來的感覺，就像是從海底浮出水面。

跟從交界回歸人世正好相反，那是種找尋被拴在海底的身體的印象。

不論清醒或回歸人世，意識究竟是以什麼樣的方式在運作？

按照目前的定義，冥灘與個人的意識息息相關。醒來時上升的感覺，回歸時下降的感覺，冥灘和無意識，這些都有如一只克萊因瓶，存在以曲折的方式表裡相依的關聯。

山姆在自己的私人間醒來，有點頭痛想吐。

銬環測出的生命徵象數值正常，這表示，山姆感覺到的身體不適仍在誤差範圍內。

確實，入睡前那種可怕的痠痛以及彷彿耗盡全身燃料的空虛感，幾乎完全消失了。

完全想不起自己何時入睡。應該是坐在床上，聽著維克多的狀況報告時睡著的。

睡得很沉，沒有做惡夢。會覺得頭痛噁心也可能是因為身體太髒了，山姆知道自己渾身散發著一股酸臭味。

在走去淋浴間的路上，他看了看嵌在育兒箱上的圓艙，ＢＢ還在睡。

熱水沖走汙垢和老廢物質，排水口也吞下了他剃掉的鬍鬚，這些都是ＢＴ避之唯恐不及的事物。在他睡覺時，照慣例一定會被抽血，這一切都被用來製作山姆帶來的對ＢＴ武器。根據維克多的說法，程序上那些武器得先在結市歸庫，然後再配發給山姆。現階段它們的實用性還沒經過驗證，所以得先找機會測試一下，要是無效也只能銷毀了。

不過，維克多似乎對其寄予厚望。他還說他打算把自己的夢想，託付給山姆這樣一個獨力扛起第二遠征隊責任——維克多這樣形容——的存在。甚至連穿越原爆點的航線，也許都有望復活，在此之前這條航線已中斷了好些時日。這裡不再是一顆孤獨的衛星，而是地球和外太空之間的一個結，在山姆睡著前，維克多興奮地侃侃而談。

一邊回想著，山姆擦乾頭髮、穿上內衣，套上新的制服。比起讓頑人把指令強壓在他肩上，被維克多這樣的工作人員託付期待，令他感覺身心都輕快了些。畢竟不久前他還只是一介送貨員（Porter），回應的是個人需求，而非什麼民族大義。

他背起背包，從育兒箱上取下圓艙，走出房間，山姆乘電梯上樓。

一陣雷鳴般的轟隆聲響正在等待著山姆。由於樓層結構是透過坡道與外界相連，低沉的雷聲震動著地板和牆壁，抓住並搖晃山姆的身體。一股寒意順著他的脊柱擴散，電流竄過大腦核心。胃液逆流，口腔裡充斥著苦澀的酸味，眼淚滑了下來。

結市一律闢建在不會下時間雨的地點，所以焚化爐才會像衛星一樣遠離城市，以杜絕開若爾物質的汙染。然而，此刻山姆眼前卻出現了一場違反常識的暴雨。

儘管情況明顯有異，卻沒有傳來任何警報聲或警示廣播，彷彿全世界的人都在事發前逃走，或把自己關進安全區裡了。

一陣強風從坡道灌進來，山姆迅速抓住柱子。放在附近的集貨棧板被風吹得撞在牆上，嚇得BB放聲大哭。這並非自然現象。這陣風，這場雷雨，是帶著惡意向山姆襲來的，雖沒有明確的理由，但他直覺如此。歐卓德克瘋狂旋轉起來，他不清楚那惡意的來源、主人是誰，甚至不知道對方是什麼東西，但這個地方已經變成了鯨魚的內臟，意圖吞噬山姆，用強酸把他溶解掉。他必須馬上離開這裡。

山姆頂著來勢洶洶的暴風爬上坡道。

BB大哭著，不是因害怕而尖叫，山姆用雙臂抱住圓艙，BB也轉了一圈回應。這個孩子在生氣。面對來路不明的惡意，BB也顯露出敵意了。山姆一鼓作氣跑上斜坡。

外面空無一人，漆黑之中狂風吹著，一道閃電撕開黑暗，整個空間盈滿邪惡的意志。風、黑暗和閃電都只是那意志的僕從。

山姆抬頭看向黑壓壓的天空，雲層掀起波瀾，化作海嘯。波浪間發出一道電光，打在山姆頭骨上炸裂開來。眼球深處發生了一場小爆炸，視野變成紅色，他仰望的天空是一片顏色比血還深的無底海洋。天空把山姆吸了進去，就像被大海淹沒似的，他受淹於這片天空。

看見彩虹了。一道倒掛的彩虹，連接這個世界和另一個世界的橋梁。天空裂開了，海洋也裂開了，一場大雨如洪水、如海嘯般降下，大地被時間雨打溼，立刻變成泥濘不堪、近似焦油的黏稠物質。眼淚停不下來。

扭曲的視野變成了海岸，螃蟹和珊瑚的屍骸不斷被沖上岸，這裡不知不覺成了一處擱淺地帶。漆黑的亡者猛然抓住山姆的腳，啊啊，結束了。山姆做好心理準備。這傢伙是ＢＴ，就像伊格那時候一樣，一旦被它抓住，轉眼就會被吞噬並引發虛爆。

腦中再次浮現維克多的臉和聲音。對不起。你弟弟才剛犧牲，我卻連你的命都救不了。繼中央結市之後是港結市，我到底還要毀滅多少個城市？早就說過了，別再試圖重建什麼美國。亞美利、亡人、頑人和布莉姬的面孔不斷閃過，又不斷消失，這不是我能辦得到的事情。永別了美國。

ＢＢ聲嘶力竭地大叫，叫得像個動物，山姆於是瞬間清醒過來。他的腳還泡在泥濘中，但拉扯著那條腿的力量已經消失了。他凝神察看，黑暗中，雨仍滂沱地下著。

一道由雨滴打出的輪廓映入眼簾。人的形狀，那就是惡意的主人。充斥著這片空間的主人。

「我叫席格斯。」

主人開口說道，他的周圍飄著大大小小的岩石，各種海洋生物的屍體在那之間浮游。翻白肚的魚類、甲殼類、珊瑚。

「是滲透宇宙萬物的神之粒子。」

聲音充斥著。主人的聲音填滿了整個空間，然而發話者的嘴和臉都被一張金色的面具遮蓋。

山姆曾多次聽說這個自稱席格斯的男人。他是一名扎根於大陸中部的激進派分離主義者，領導過許多極端的破壞活動，是個比任何人都冷酷地忠於破壞的恐怖分子。

席格斯無視重力法則，走過化成焦油狀的地面靠近山姆。一塊巨大的岩石從焦油中冒出，他順勢踩了上去，巨岩隨即無聲無息地載著他攀升。席格斯從岩石上睥睨山姆，暴君一般毫不留情的目光射穿了他。

山姆屏住呼吸承受那股視線，最後卻是席格斯先撇開眼。有個人影，站在被雨淋溼的配送中心屋頂上。席格斯已經發現了對方，一道閃電揭開那身影的真面目。金髮被狂風弄得凌亂不堪，形狀不規則的傘也像快被吹走似的，頸部以下的黑色膠衣淋溼，就像兩棲動物的皮膚，肩膀處有許多突出的刺。

是那個女人。在山洞裡搭訕山姆的女人，翡若捷。

「原來如此，是妳把他牽扯進來的嗎？」

席格斯問翡若捷。山姆不明白這句話的意思，只知道他的聲音中藏著一絲怒氣。

席格斯舉起手指朝翡若捷一揮，立刻颳起強風把她的傘吹走了。雨水無情地拍打著她的臉，下一秒，翡若捷便消失無蹤。

「看來還沒壞啊。」

耳邊突然響起了席格斯的聲音，山姆轉身，金色的面具就在眼前。隔著面具，席格斯抽動著鼻子：

「嗯？布莉姬．斯特蘭死了？」

山姆的眼窩深處一陣刺痛，淚水不停分泌。那是一種強烈的開若爾過敏反應。他想和席格斯拉開距離，身體卻彷彿不屬於自己似的。

「美國最後一任總統終於死了嗎？」

席格斯把臉湊得更近，享受著山姆的反應。

「噢，你們打算讓那個女孩接替媽媽的位置。」

淚水停不住。山姆僵硬的身體隨著席格斯的聲音微微顫抖。

「她做不來的，那女孩沒有搞政治的天分。」

身體恢復自由，席格斯也消失了。

「別擔心，我會找到她，然後好好保護她。」

下一秒，席格斯再度憑空出現在山姆面前。自由得而復失，山姆只能咬牙切齒地瞪著金色面具，席格斯嘲笑著從山姆身邊走過。

「我早已經看清死亡擱淺的真相，噢，你們不知道的可多了。」

聽著從背後傳來的席格斯聲音，山姆的身體依舊不聽使喚。

「那女孩跟異能者不一樣，她是能夠讓全世界毀滅的『**滅絕體**』。」

滅絕體——能夠毀滅世界的存在。這是山姆第一次聽到這個詞，亞美利會引發世界末日？

那些做出異常極端行為的恐怖分子，多半被稱為錯亂者或狂人(Homo Demens)，席格斯就是一個具代表性的例子。相對於智人(Sapiens)，他們選擇戴上負面思考的面具行動。他是這樣看待亞美利的嗎？怎麼可能有這種事。那只是狂人們的妄想和誤解罷了。

彷彿要甩開席格斯的話，山姆用盡全身力氣掙扎。

席格斯又一次忽然現身在山姆面前。他向動彈不得的山姆伸出戴著黑色手套的手，指尖冒出火焰，隨即包住整個手掌。

「這雙手建立不了什麼聯繫。」

火焰熊熊燃燒，燒掉了整雙手套，然而在燒毀的手套下面，什麼也沒有。席格斯的手腕前端空無一物。

「幸好我和另一個世界的聯繫還算緊密。」

空間被一種無形的力量扭轉，席格斯的手腕開始冒出黑色的微小粒子。它們凝聚在一起，交織成數條繩索，隨著他深深吐出一口氣，繩索宛如活物般從他的手腕向焦油表面延伸。

「你才不是什麼橋梁（Bridge）。」

當他拉扯被吸入焦油之海的繩索時，就像在掀動地毯，地表立刻盪起一片焦油波浪。BB抽噎起來，歐卓德克也像壞掉似地轉個不停。BB的恐懼感透過臍帶傳回給山姆，連帶使他感到噁心想吐。

「連接現世、彼世以及那女孩之間的橋梁，是我才對。」

隆起的海面裂開了，一如席格斯的宣言，他打開了通往另一個世界的通道。外觀看似巨大海蛇的生物抬起數顆頭，宛如飢餓野獸所流下的口水般，焦油不斷從頭部滴落。來自彼世的亡者在空中盲目搔抓，尋找著活物。

「你就乖乖成為它的大餐吧。」

席格斯大喊一聲，亡者露出了真身。宛如鯨魚破浪而出那樣，海蛇甩動頭部，將一直潛伏在海面下的本體拉了上來。那些看似海蛇的部分，其實是從亡者本體長出的許多觸手，發出的咆哮聲攪動著山姆的五臟六腑。這是山姆至今見過最大的擱淺體，在諸多觸手交會的中心點，藏著一團怪誕的異物，外觀宛如濃縮了海洋生物的進化過程，各種鱗片、鞭毛和甲殼以錯綜複雜的方式覆蓋體表，不規則地蠕動著，這是由狂人想像力創造出的一種不屬於這世界的生命。

「只要一場虛爆，這座城市就會整個消失。」

席格斯單手朝山姆一揮，控制住他的束縛便解開了。身體重獲自由，山姆立刻想衝上前去，但焦油波浪在他面前築起一堵高牆，待牆崩解後，席格斯已經不見蹤影。

相反的，擱淺體的觸手掃開正在落下的雨水，猛力揮向山姆。他低頭想閃躲，卻被另一隻觸手打中背部，脊椎傳來一陣雷擊般的劇痛。BB大叫一聲，讓山姆察覺緊接而來的危機，他用盡全身的力氣重整態勢，躲開了再次揮來的觸手。

BB的哭聲變得格外響亮。在他的引導下山姆抬起頭，只見擱淺體一邊濺起焦油的黑色飛沫，一邊進逼而來。

——快跑。

腦中浮現聲音。那個時候的，伊格的聲音。

他直到最後都還想著要保護中央結市，為了避免虛爆，不惜自我了斷。心中明明期待著加入第二遠征隊、橫越大陸和哥哥團聚，為了拯救他人性命，甚至連這個夢想都犧牲了。

當時託付給山姆的，不僅僅是這個BB，還有伊格無法成就的未來。掛在圓艙上的盧登斯人偶映入眼簾。

山姆從背包裡，抓出了一枚手榴彈。

那就是被稱作對BT武器的貨物。沒有人證實過效果、曖昧不明的兵器。當他解除保險時，右手腕傳來一陣疼痛——銬環咬住了山姆的手腕。內側的針頭嵌入皮膚，抽取鮮血，手榴彈也隨之變色。

彷彿抓著自己的心臟。

只要用這個，就能讓BT沐浴在山姆的血液中。等同將回歸者的生命直接砸上去，不可能毫無效果。也許是種沒有根據的確信，但若不這麼想，一切就都結束了。

怪物的叫喊聲幾乎震裂山姆的耳朵，他朝著那聲音的來源，擲出一顆手榴彈。爆炸的閃光燃起，BT發出了無數往生者遺憾與怨恨交織而成的慘叫。所謂的擊敗BT，就是讓迷失在這個世界上的亡者回到它們應該待的地方，山姆不由得產生這種想法。

這世界已經沒有你們的位子了。死人歸死人，活人歸活人，各有各的歸屬，應該要解開把兩者連在一起的線，讓世界恢復原本的樣貌。但——自己又該何去何從？山姆不被正常的死亡所接納。

手榴彈爆炸的餘波逐漸消散。

然而亡者還停留在這個世界。BT吼著，聲音就像個無家可歸的孩子在哭鬧。難道對BT武器只是紙上談兵，是賭在回歸者特異體質上的願望和妄想嗎？武器未奏效帶來的失落感，夾雜著一絲對ＢＴ的憐憫與同情。你們是否也和我一樣，被自己該待的世界拋棄了？

ＢＢ有話想說似地啜泣起來。沒錯，這孩子也是。

山姆又抓起一顆手榴彈。

必須徹底葬送亡者才行。倘若這具ＢＴ只是被席格斯召喚來，那麼它們是無辜的。席格斯利用了它們的悔恨和妄執，真是這樣的話，有必要現在就淨化這一切。山姆帶著一種近乎義憤填膺的心情，握緊手榴彈。

心臟跳動著將血液送出，手榴彈則不斷吸收，直到變成另一顆心臟。過度抽血引發貧血症狀，視線變得狹窄，山姆懷著祈禱的心情，把灌飽鮮血、幾乎要爆開的手榴彈扔了出去。

永別了，安息吧。亡者就回到亡者之國。山姆擲出的心臟，被吸進ＢＴ的嘴裡，大口咀嚼。

ＢＴ中心點發出了暗淡的光。山姆的血液，他的分身，滲透到ＢＴ內部，鎮壓了亡者。觸手四處揮舞，發出彷彿還想依附在活人世界的臨終慘叫。最後，它從觸手前端開始分解成細小微粒，本體也出現無數孔洞，逐漸崩解潰散。

隨著焦油表面的漣漪浮現又淡去，地表最終變回了熟悉的曠野。瓦解的ＢＴ消失在焦油中，換來的是世界正一步步恢復原貌。

傾盆的時間雨勢漸歇，黑暗也隨之退去。

亡者們已經擺脫名為ＢＴ的束縛，回到自己該去的地方。世界重新取回寧靜，聽不見一絲聲響。靜謐會使人恐懼，山姆理解了這點。在這無聲的世界裡，他孤零零地佇立著。

『山姆！』

維克多撥來的通訊打破沉默，讓山姆鬆了一口氣。

『你到底是何方神聖？你知道自己做了什麼嗎，你把那傢伙幹掉了！』

像洪水一般，維克多的話語淹沒了山姆。平時山姆會因為受不了而關掉通訊，但此時此刻，就連那份聒噪聽起來都很悅耳。這聲音弭平了世界產生的裂縫，生者充滿溫度的說話聲填補空隙，阻擋亡者入侵。

連BT都能打倒的你，一定可以順利通過原爆點湖團結整片大陸。伊格的死沒有白費。這座港結市將成為開若爾網路的樞紐，是連接西部的關鍵。

山姆坐在瓦礫堆上，聽著維克多的聲音。也許是放心了吧，BB已經睡著了。山姆用手指戳了戳掛在圓艙上的盧登斯人偶。

謝謝，山姆。真的很謝謝你，山姆．波特．布橋斯。

維克多的話聲逐漸夾雜一點點哭腔，很快就忍不住哽咽起來。

『山姆，聽得見嗎？』

一個陌生的嗓音取代了維克多。

『我是心人。』

銬環投射出一名男子的身影，山姆看到才想起，他們之前在私人間裡交談過。

『果然和我們預想的一樣，回歸者的體液對BT有效，現在已經證實了。』

影像中的他雖然頂著笑臉，眼鏡後方的雙眼卻沒有笑。他的眼中有種奇特光輝，彷彿一直在注視著遙遠的某處。不知為什麼，山姆覺得有些可怕。即使那只不過是儲存在山姆銬環裡的心人頭像，用來顯示來電者，山姆仍舊感到有些畏懼。

『只不過，為何你的體液會有這樣的效果，還是個謎。』

此外，心人的音訊來自尚未接通開若爾網路的地區，斷斷續續地很難聽清楚。

『想必你也知道，死亡擱淺這個現象，是基於「亡者滯留在這個世界」而命名的。亡者具有類似反物質的特性，因此當他們接觸到活人時，正反物質碰撞便會引發虛爆（Voidout）。但根據過往的報告和觀測資料，虛爆的條件並非只是單純觸碰，只有當活人被吸入ＢＴ、也就是擱淺體的內部時才會發生。恐怕是你那具有特殊性質的體液，把它們的肉體（Ha）擠回另一側了。』

一陣電子音效打斷了心人。經軟體處理過的人聲隨後響起，但嚴重的雜訊令山姆幾乎聽不見那聲音在說什麼。

『抱歉山姆，我的時間到了。之後再談吧。』

和建立通訊時一樣突然，心人的頭像逕自消失。

什麼跟什麼啊。

山姆大聲地嘆了口氣。他這才意識到，自己的身體已經快要撐不住了。

EPISODE Ⅳ 翡若捷

要說這是一座湖，實在難以置信。

從港結市出航之後已經過了數小時，山姆仍無法順利消化這股驚訝。

站在橫渡原爆點的運輸船甲板上，除了水平線外什麼也看不見。這是象徵隔絕的龜裂，是鑿穿北美大陸的巨大坑洞。終究很難相信這會是一座湖，由死亡擱淺最初期引發的大爆炸所一舉形成的這點也是。究竟有多少人因此蒸發，又消耗了多麼龐大的能量？

漫無邊際的巨大裂痕，刻在這片大陸上。

曾經有人跟他說，那其實是海。

是布莉姬以前告訴山姆的（**吶，或許是亞美利也說不定吧**）。

這片大陸將海包圍其中。亡者通過大海底部的冥灘，逐漸擱淺上岸。這片大陸與這個國家，就這樣與位於中心的亡者世界相連在一起（**曾有人說，那是出現在現實世界中的狄拉克之海**）。

如果海位在大陸之外，或許可以建造類似防波堤的東西，用來阻擋來自海中的侵略者。

但是啊，山姆。海就存在於這個世界的中心。而與其相連的冥灘，則存在於我們之中。一個不留神，我們就會被自己的海給吞沒掉了，所以防波堤是擋不住的。要建造的不是牆壁，而是能夠跨越這片海洋的橋。

懂嗎？山姆。

為了不溺水，同時能救助溺水的人，我們得手牽著手。

「明天就會抵達西邊。」

翡若捷不知何時來到山姆身旁。握住甲板欄杆的她的手，戴著黑色手套。

準備這艘運輸船的人就是她。船籍設在港結市的船隻，由於激化後的恐怖行動幾乎全毀。還能服役的船，就只剩下她的翡若捷快遞所擁有的這艘。船員由翡若捷的人馬擔任，燃料和其他資源則由布橋斯負擔，才讓這艘船得以出航。雙方約定的基礎，並非建立在舊時代的經濟原理上，國家機能陷入一定程度停擺的當下，就算有錢，也難以使鬼推磨。雖然金錢能當成聯繫眾人的共通語言，前提是要擁有值得信賴的共同體做為骨幹。一旦體制消滅，聯繫眾人的方式也會跟著返祖回原始狀態。

人與資源。肉眼可見之物，觸手可及之物，這些都成了用來交易的物品。只是，就算回到原始的以物易物方式，人仍擺脫不了人性。

「要吃嗎？」

翡若捷讓山姆看了看隱生蟲。像是甲蟲幼蟲那樣的小蟲子，因為被手指捏住而蠕動著，就像在洞窟看到時那樣。

山姆嘆了口氣，搖搖頭。翡若捷露出微笑，將蟲放進嘴裡。

避開席格斯那一擊而消失後，翡若捷再度出現在港結市碼頭上，露出相信山姆一定會打倒擱淺體那樣的表情。在還無法解讀翡若捷的行動與意圖的當下，她主動提供了這艘船。可以信任她嗎？或者自己只是被利用了？山姆還未能消化眼前的狀況。

「妳也看到那傢伙了對吧？」

席格斯與翡若捷之間，顯然有著某種關聯。

「分離主義團體的首腦，自稱席格斯。他喜歡人家這樣叫他。」

「那傢伙能操控ＢＴ。」

就山姆所知，以往從不存在那樣的異能者。

「沒錯，他擁有難以想像的力量。」

翡若捷抬頭望向山姆，山姆承受不了那懇求般的視線，逕自離開護欄。

「以前是同行。」

翡若捷的聲音從身後傳來。

「不，應該說我們一起送過貨。」

「妳和恐怖分子打交道？就為了送貨？」

山姆發現自己的聲音變得帶刺，卻無法控制。

「他以前不是這種人。」

「妳的目的到底是什麼？拯救世界？還是想毀滅它？」

山姆察覺翡若捷倒抽了一口氣。顯然說過頭了，他暗自後悔。

「我也不想這樣。我和我的組織，再這樣下去都會完蛋。」

聲音細微且強硬，但不是從容的表現，而是一種近似自言自語的口氣。她和席格斯之間發生過什麼，現在的自己沒有繼續追究的資格。山姆放下背包，在固定於甲板、鏽跡斑斑的長椅上坐下。

被遺忘的疲勞和疼痛——遭到BT的觸手攻擊的部位，以及腳趾甲剝落的痛楚——又逐漸浮現。他鬆開靴子上的鞋帶，拆下BB圓艙，將緊繃的裝備放鬆，解開紮起的頭髮，想盡量讓身體輕鬆點。

「我告訴過你了，山姆。過去永遠不會消失。」

翡若捷窺視著山姆，拾起一張紙片。

那是一張合照。健康的布莉姬在中間，表情僵硬的山姆與另一名女性則分站左右。不知何時從衣服裡掉出來的。又和在那洞窟裡的時候一模一樣。

謝謝，他對翡若捷露出這樣的表情，將照片接過。

因為被時間雨滴到，站在布莉姬身旁的女性臉龐變得模糊不清，她的容貌卻仍鮮明地浮現在山姆腦中。但是，目光卻無法看向她下腹部的隆起，就連寫在角落的簽名也是。

『羈絆(Strand)與共 布莉姬』

為何時間雨沒有將這句話抹去？

——我告訴過你了，過去永遠不會消失。

「有件事情要拜託你，山姆。」

翡若捷的聲音傳來，但山姆的目光卻無法從照片上移開。

「剛才那個男人——席格斯是——」

一陣強風將山姆的頭髮吹亂，翡若捷的傘旋轉起來。

——山姆，聽得見嗎？

察覺踩響甲板的堅硬腳步聲，山姆睜開眼。他似乎在不知不覺間睡著了。將不知為何流下的眼淚拭去，抬起頭，一抹鮮明的紅色映入眼簾。

「山姆。」

長椅前，身穿一襲紅色洋裝的亞美利佇立。彷彿是要阻止山姆的提問和質疑，她露出微笑凝視著他，手中拿著山姆掉的那張照片。

天空不知何時被黯淡的雲層覆蓋住，湖面反射著朦朧的光。彷彿在色彩被抽掉的世界中，只剩下一身赤紅的亞美利還活著一般。

——山姆。

又是一聲低語。山姆在那聲音的引導下站起身，走到甲板欄杆前。鯨群在不遠處橫越過海面，金色的火花四處飛散。

啊啊這是夢。

這艘船正朝岸邊駛去。這裡也不是原爆點。如果就這樣繼續前進，船會因此擱淺。
「你還記得嗎？」
亞美利指向岸上。一大群鯨魚和海豚露出腹部，曝屍於潮汐線附近。而在一旁，有個小小的身影側躺在地上，是個男孩。
那是我。成年的山姆，盯著倒在沙灘上的自己。不，只是想起了小時候的自己和亞美利罷了。
——差不多該走了，山姆。
在亞美利的呼喚下，小山姆醒來。
因為睡在沙灘上，半邊臉都沾滿了沙子。亞美利牽著山姆的手讓他坐起，從旁環抱住他。背上傳來亞美利的體溫，這才使他意識到自己正冷得發抖，快從小小的身體滲出來的寂寞也更鮮明了。亞美利抱緊不斷顫抖的山姆。
妳好溫暖。聽見無意間發出的呢喃後，亞美利露出微笑，雙手更加用力地摟住山姆。
「在你告訴我之前，我都不知道。」
亞美利將臉頰靠在山姆耳邊輕聲說。感受著她頭髮上的香味，山姆看向大海。翡若捷的船不知消失在何方，但小山姆並未因此感到不安。
「我還活著。這件事是你告訴我的。因為我一直是孤身一人，連自己究竟是死是活都搞不懂。」
突然間，眼淚不受控制地流下。亞美利的話讓山姆忽然害怕起來。活著，或是死了，感覺自己馬上就要被劃分到其中一邊，所以非得離開這裡不可。那樣的預感襲捲而來。

「我不想回家。」

山姆沒有對象地懇求著。淚水與沙子混在一起，將山姆的臉弄得更髒。他甩開亞美利的手擦拭，起身向著大海跑去。

「我不想回家！」

話語被吸入大海。海浪將山姆細小的聲音消除了。

亞美利追上山姆，蹲下身盯著他的眼睛。山姆注意到她的右手拿著某樣東西。

「這個捕夢網給你。不用再害怕囉。」

亞美利將它戴在山姆的脖子上。編織得像一張蜘蛛網、又或者星形模樣的樸素裝飾品，只要摸摸它，心情就會不可思議地平靜下來。

「睡覺的時候戴著，我會幫你把惡夢趕跑。我會一直和你聯繫在一起。」

亞美利的手掌，裹住山姆拿著捕夢網的手。手中的捕夢網逐漸變大，擴張出來，網目覆蓋山姆的手，接著是亞美利的手，最後將兩人的身體完全包覆。兩人被繭吞噬了，山姆與亞美利在繭中融化，保護他們不受一切惡意侵襲。處在母親的子宮中，稱不上生，也不算死，滿盈著世界與自己合而為一的甜美感覺。

「你忘了怎麼回家了嗎？」

亞美利的聲音拉動一條線，將那美好的世界一分為二。分隔生死之界的聲音。

蹲在地上的亞美利站起來，牽起山姆的手。你必須回去才行。從這個介於生死之間的迷宮，返回活人世界。

「我陪你一起走到半路，這樣你就能一個人回去了。」

山姆抬頭望向亞美利，邁開腳步。

「暖和了嗎？」

亞美利握緊對這個問題大大點頭的山姆的手。

「我會在冥灘上等你。要來幫我喔。」

兩人朝向大海，持續走著。不久後山姆離開亞美利，獨自回去了。亞美利孤身一人，留在這片冥灘上。

究竟重複了多少次？就像現實中不存在將海與陸地明確劃分開來的海岸線，年幼的山姆與現在的山姆，兩者之間的界線也變得曖昧不明。所以他很清楚，這裡並非翡若捷的貨船，這裡是冥灘。

——我們以前常在這地方玩耍。

目送年幼的山姆和亞美利消失在海中，亞美利喃喃說道。

「是妳帶我來的，我自己可到不了。」

「也對，只要你還有可返回的肉體(Ha)，就不能自力往來冥灘……」

相對的，亞美利大半的人生，幾乎都在這片冥灘上度過。在這個擺脫現實世界時間桎梏的超空間中。

某種程度上，這片冥灘就是亞美利人格的具象。

「妳沒辦法藉著冥灘，直接從西岸穿越回來嗎？」
亞美利搖了搖頭。
「若你無法連結到這裡，我就不能回去。」
下一秒，亞美利的身體忽然被一道黑影籠罩，她身後的海面被巨大的鯨魚衝破開來。躍向半空的巨鯨試圖將亞美利吞下肚，山姆想幫亞美利，伸出的手卻直接從她身上穿過。影子愈來愈沉，四周愈來愈暗，山姆除了亞美利的一襲紅衣之外什麼也看不見。
「我在冥灘上等你。」
那聲音，被鯨魚的鳴叫掩蓋。鯨魚的龐大軀體落入海中，籠罩著亞美利的陰影也隨之消失。海面湧起波浪，水花像大雨一般降下，淋溼了她的頭髮、衣服以至渾身，溼透的亞美利流下眼淚。
隨後海面如山巒般隆起，出現了鯨魚的頭，但那並非鯨魚。翡若捷的貨船即將擱淺在冥灘上，讓海面激盪出巨浪的船艦直直朝亞美利輾去。
「來找我吧。」
亞美利！
山姆的嘶吼，傳不到亞美利那裡。山姆的手臂，也無法搆著亞美利。山姆能觸碰到的，唯有一片虛無的黑暗。

//湖結市

★

落入黑暗中，這次讓山姆醒了過來。

甲板傳來震動。因為就這樣坐在長椅上睡著，背部變得很僵硬，山姆站起來，肌肉和脊椎因此發出怪聲。船已經渡過原爆點並駛入港口，能聽見下面傳來的人聲和重機械運作聲，大概正在卸貨吧。他擦掉睡著時流下的眼淚，鼻腔深處傳來的淡淡異味，令他皺起臉。聞起來像是開若爾物質的臭味。

這讓山姆察覺一絲異樣感。我現在身在何處？

「你睡得真香呢。」

對了，我是坐翡若捷的船來的。

自己看起來想必像睡傻了吧，翡若捷露出無奈的表情，把隱生蟲湊到山姆鼻尖前方。

「吃嗎？」

稍微放下心來，山姆搖了搖頭。彷彿早有預料的翡若捷，轉為將蟲子放進自己的嘴裡咀嚼。不知已重複過多少次的相處模式，讓山姆領悟自己已回到了現實。

「歡迎來到湖結市。」

翡若捷微笑著。終於來到這裡了，此處既非夢境，也不是亞美利所在的冥灘。彷彿為了確定這點，山姆用靴子踩響地面。什麼時候穿上的？背上可以感覺到背包的硬度。什麼時候背上的？

是在半夢半醒間，下意識做完了這些已例行公事化的準備嗎？山姆摸索胸口，一直收在那裡的照片不見了。那個時候掉在地上，被翡若捷撿起來的照片，無法捨棄的過去，消失了。翻了工作服的收納袋，視線也在甲板上掃了一圈，依然沒有找到。

「怎麼了？」

企圖拋開過去，卻又因為與之斷絕而感到不安。山姆自覺這是種幼稚的感傷，所以不想讓她察覺到。

小聲回了句「沒事」，山姆裝作若無其事地踏出腳步。

「走吧。」

打開傘，翡若捷帶領著山姆。茫然看著她背影的山姆這才注意到，她的背影比想像中還要嬌小、纖細。

易碎品（Fragile）這稱呼的由來，就是因為那背影嗎？

「堆在那的是從港結市載來的貨物。由你負責運送的部分也在裡面，可別忘了好好送達配送中心就在前面。」

從船上卸下的貨櫃井然有序地排列著。

「我就先走一步囉，還有些事情要辦。再會啦。」

傘輕快地旋轉起來，翡若捷離開了。送貨員山姆為了確認包裹，轉身走向貨櫃。

「謝謝你，山姆。」

配送終端機投射出的亞美利全像投影，正不穩定地晃動著。

穿過原爆點，大幅拉近與西岸的距離後，亞美利的影像卻反而變模糊了。

「從現在開始的路程，肯定比過往所經歷的都要嚴苛。和我們第一次通過時不同，當時這一帶還很和平。」

爆出的雜訊在集貨區裡迴盪。山姆忍不住摀住耳朵、閉上眼，再度睜開時眼前卻空無一人，亞美利消失了。

「湖結市、中結市，以及南結市。這三座城市，從以前就一直在支持我們。」

亞美利只剩下聲音。取而代之出現的，是一張簡略的北美大陸2D地圖。地圖最右側，顯示出稍早才搭船橫渡的原爆點大空洞，左邊一點，也就是湖的西岸即是目前所在的湖結市。在那西北方的位置顯示了中結市，而南結市就位於中結市的南邊。

「如果能在這三座城市，以及部分設施中啟動邱比連接器，連上開若爾網路的話，就能確保與中部地區的通訊穩定。本來是這樣計畫的。」

地圖上的地面和圖標瞬間反轉，出現一幅新的圖像。

標記出來的城市之一——中結市已經消失，變成了一個黑點。彷彿新增了一個小規模的原爆點似的。仔細一看，地圖其他各處也出現了數個小黑點，那是為了標示出恐怖攻擊，又或者是妨害UCA重建的行動發生地。

若不採取作為，那麼黑點就會不斷增殖，這片大陸總有一天會被塗得一片漆黑。

「分離主義分子開始破壞我們的計畫。」

亞美利的聲音在顫抖，但也有可能是因為通訊不穩定的緣故。

「最先被消滅的是中結市。他們引爆了舊世代的核武，藏在貨物中，巧妙地運進城內。」

亞美利的聲音沉了下來。與此同時，噪音也變大了。

「事情並未就此結束，不，是我們沒能讓它結束。南結市也接著被盯上了。慶幸的是它沒有完全被摧毀，但依舊死傷慘重。」

這個區域已經被蠶食得破爛不堪。第一遠征隊沿途建立的基礎設施，若能接上邱比連接器，開若爾網路就得以正常運作，而這個前提已經被破壞了。山姆沒有能夠將其修復的手段以及資源，在此之前的布橋斯也沒有，否則就不會像現在這樣視若無睹。散落在地圖上的黑點，像是這片大陸上冒出的黑洞群，它們彼此相連，在地面上畫出不祥的星座，最後一定會形成將這個世界吞噬殆盡的怪物的模樣吧。席格斯的笑聲和黃金面具，忽然浮現於腦海。

「這塊區域，原本是在翡若捷快遞的協助下配送物資。」

隨著她的話語，地圖上出現了許多白色亮點。

「翡若捷等人在這一帶負責送貨已經有段時間了。我們雙方簽訂了契約，讓布橋斯的貨物能夠運送到當地。可以說這裡的物流系統，是在翡若捷快遞的運作下成立的，所以不需要UCA那樣的國家也足以生存。懷有這種想法的人很多。他們每個都算是小型的孤立主義者，也被稱為末日準備者。」

當然，山姆知道末日準備者是什麼。身為一名送貨員，這些人對山姆而言再熟悉不過了。對自由送貨員而言，委託人是末日準備者，抑或其他組織都無所謂。說到底，這片大陸上還重視國家這一概念的也就只剩下布橋斯而已——而在反對此概念的意義上，分離主義分子與布橋斯可說是一體兩面。拘泥於國家興亡的只剩布橋斯和反對派，準備者們則置身事外地繼續過活。

不過，他們並沒有完全切斷來自他人的援助，而是依靠翡若捷快遞這類組織以及送貨員維繫著生命線，所以並不符合字面意義上的孤立主義者。

「按照目前的情況，只靠布橋斯的設備，無法讓開若爾網路涵蓋整個區域。」

「那該怎麼辦？」

地圖消失了，山姆抬頭望向再次生成的亞美利全像投影。

乾脆放棄不就好了。沒有強行連結彼此的必要。不久前的自己，恐怕會這麼說吧。

雖無法坐視恐怖行動，但對於重建「美國」的想法敬謝不敏的人也所在多有。既然如此抗拒，重新展開通訊的必要性又何在？破壞與建設，向量完全相反、但都想用強大力量改變這個世界現狀的雙方，卻什麼也改變不了。這些複雜的思緒，依然困擾著山姆。

——**若你無法連結到這裡，我就不能回去**。

山姆之所以帶著邱比連接器前往西岸，全是為了亞美利。

「除了藉助無意加入UCA的末日準備者……那些孤立主義者的力量外，我們別無選擇。」

亞美利胸口的金色飾品反射出光芒。只有那光異常鮮明。

「那種事——」

辦得到嗎？最後之所以沒有把話說完，是因為通訊隨即中斷，亞美利也因此消失了。嗞下的話語並沒有傳到亞美利那裡。

「山姆，你沒聽錯。」

取而代之接收到這句話的，是頑人。戴著黑色鐵面具的指揮官，全像投影在山姆眼前生成。

「中結市的毀滅，以及頻繁的破壞行動，讓我們不得不改變原訂計畫。就像亞美利說的，當前我們沒有餘力建造新的結點，只能用末日準備者的庇護所來代替通訊站。」

「這行得通嗎？」

「他們不會那麼輕易地同意加盟ＵＣＡ吧。大部分的準備者們，都和翡若捷快遞簽過約，身為布橋斯送貨員的你就算直接前往庇護所，也只會被警備系統擋在門外。所以——」

長官的全像投影仿照之前與亞美利對話時那樣消失，地圖再度出現。白色的亮點和先前一樣，標示著末日準備者的庇護所。

「由於我們和翡若捷快遞合作已久，無論這些準備者各自懷著什麼樣的想法，使用的配送系統都大同小異。此外，考量到日後啟用開若爾網路時的需求，為了支援邱比連接器，第一遠征隊已經把庇護所的配送終端機都更新過了。不管什麼身分地位，只要是人就難免一死。無論信奉何種主義或思想，假如不妥善處理這些屍體，最後都會變成ＢＴ。雖然無法馬上讓他們加盟ＵＣＡ，但至少希望能控管……不，能察覺他們的死訊。這些措施一部分也是為了這點。」

山姆摸了摸右手的銬環，和這東西一樣吧。死亡是聯繫眾人的樞紐。除去那些狂人，對死亡的恐懼、對BT的厭惡以及虛爆帶來的威脅乃人類共識，而UCA所提供的系統，就是建立在死亡這個基礎上。

指揮官和布橋斯（**甚至亞美利也是？**）的做法，正是利用了這種原始、本能的情感。團結眾人或許能稱為希望，無疑也是種束縛。

將手銬當成交流的工具，名為UCA的系統，說到底都是為了綁住彼此。

「不管怎樣，翡若捷已經承諾與我們合作了。」

指揮官的聲音聽起來流露出一股自信。

「那她有什麼好處？」

「我也不清楚。只不過，她對席格斯的復仇心是千真萬確的。席格斯搞垮她的組織、奪走了她的一切，無論時間如何流逝，這股恨意都不會消失。」

復仇心。我有那種東西嗎？山姆將視線從頑人身上移開，盯向天花板。宛如槍尖般鋒利的情緒，或者像地下的熔岩一樣燃燒的情緒，什麼都沒有。那是一種負面的情感，必須存在想宣洩出來的對象。自己沒有那樣的東西，雖然有過後悔的念頭，卻是因為與某人斷絕了聯繫才產生的。

未與任何人連結。所以他成了一個送貨員，不是為了和誰建立聯繫，而是將人們聯繫起來，這是他的工作。

從反覆的思考中回神時，山姆周圍已空無一人。指揮官的全像投影消失了，工作人員忙著卸貨的喧囂也是，宛如退潮般再也聽不見。

腳底感受得到震動，電梯開始運作，載著山姆的地板緩緩下沉，通往私人間。

海浪聲讓山姆沉沉睡去，將他引導至海中。

——嘿，山姆。

地球上的每個生物都是從大海誕生，又回到大海中，這就是為什麼這個星球的記憶沉睡在海洋裡。大海保護著這個星球的生命，而海灘則是分隔生與死的地方。對於生活在海裡的居民來說，海浪盡頭的另一側是亡者的國度；而對於陸地上的生物來說，越過海灘的另一側是亡者的國度。

——嘿，你看，山姆。

一整排屍體密布在海灘上，鯨魚，海豚，螃蟹，連名字都不知道的小魚。這些都是海裡的屍體，而海灘上的沙子也不例外。它們都是貝殼、珊瑚礁和其他極小的生物的屍體。

這是很久以前亞美利告訴我的。

海浪的聲音把山姆驚醒了。他用手拍掉臉上和身上的沙子（遺骸），站起身來。只見遠處有一具屍體，人類小孩的屍體。

屍體被海浪打上岸，反覆沖刷著。由此可知，那是過去的記憶。擱淺於現在的過去，在冥灘上，這種現象有可能發生。

死去的孩子醒來了。一段記憶升起，他開口說：

「這個。」

山姆抬頭望向亞美利，伸出雙手。亞美利瞇起眼，目不轉睛地盯著掌心那條金色首飾般的物體。

「送給我的？」

金色鍊子和金色的吊墜，上頭垂掛著許多細細的繩結，是條非常復古、典雅的墜飾。

「這叫奇普，是一個古字，意思是『結』。它可以用來計數。我每交一個朋友，就會在上面多打個結。」

「這樣啊，那我以後每次見到你，就多打一個結吧？」

山姆發出了歡呼聲，將奇普交給蹲著的亞美利。她的眼眶是溼的。她在哭。山姆現在知道了，不過當時還是孩子的自己並未意識到這點。

「只有重要的東西才有辦法帶到這個地方來。你知道嗎？必須是與你有關的東西。」

「這個很重要！」

山姆跳了起來，指了指奇普。

「謝謝你，山姆。」

亞美利給了山姆一個擁抱。**謝謝你，山姆**。她把臉貼在孩童山姆臉頰上，隨後抬起頭，直視著站在冥灘上旁觀這一切的山姆。過去射穿了現在，山姆的心臟彷彿被揪住，無法呼吸。他鬆開了抓著捕夢網的手，按在胸前，但疼痛並沒有消失。

這種事在冥灘也很常發生。

「嘿，山姆。」

翡若捷叫醒了山姆。他抓著捕夢網的左手，正以不自然的角度置於左胸前。重重地呼出一口氣，山姆抬起上半身，汗水浸溼的內衣緊貼在他的背上。他用手拍拍臉，把夢境趕出腦海。

「要吃嗎？」

一如往常的隱生蟲就舉在山姆鼻子前，山姆也一如往常地搖了搖頭。

「妳怎麼在這？」

配送中心地下室，給送貨員使用的私人間。她顯然是在山姆睡著時進來的。

「問你老闆呀。」

山姆並非在生翡若捷的氣，而是對那個給予入房許可的頑人感到火大。布橋斯果然都是些缺乏隱私概念的傢伙。

「我有東西要給你。」

翡若捷察覺這點，用微笑安撫山姆，攤開手掌。

「這會在你接下來的旅程派上用場。」

是條用紅白纖維編織而成的信物手環。

「它是用我的血液和開若爾水晶織成的。有了它，就可以通過這附近所有末日準備者庇護所的安全檢查。」

來自翡若捷快遞的證件。參雜著送貨員生物識別資訊的通行證。當有貨物需要運送，送貨員因此展開移動時，混入末預期異物的可能性也會增加。為了盡可能地降低這類風險，證明身分的信物是必不可少的。但借用翡若捷的證件，不就意味著要偽裝自己的身分？這讓山姆猶豫不決。

「這個地區本來只有我們在送貨，是我們的地盤。」

似乎對山姆不願意伸手拿信物手環的行為感到不滿，翡若捷順勢在他身旁坐下，距離近到甚至可以感受到她的體溫。

「但那傢伙——席格斯一搞，全都變了樣。組織，我，至今建立的聯繫及名聲，全都被他拖下水。」

翡若捷的怒火並非針對山姆，而是對不在這裡的席格斯。

「所以妳想找他報仇？」

指揮官說過的復仇心這個詞浮現腦海。為此她才決定拿翡若捷快遞的信用做為擔保，與布橋斯合作嗎？讓山姆借用她的身分，進入末日準備者的設施，這件事與過去的「合作」有著本質上的差異。因為山姆要做的不僅僅是配送包裹，還得遊說準備者加入重建行列，如此一來將改寫他們的生存機制。而這機制一直都是由翡若捷快遞在支撐，這項決定意味著必須放棄他們組織的原則。

若要避免這點，就得讓翡若捷以個人的身分完成復仇。無論哪種方式，她都等同背叛了組織，山姆想不透她究竟打算從自己和布橋斯得到什麼，才不惜這麼做。

「就憑妳一個人？」

翡若捷輕輕搖頭，說著「我不是一個人」，並露出微笑。

「那個山洞，港結市，還有這裡。你以為我是怎麼來到這的？穿過ＢＴ們遊蕩的荒野，不用冒著引發虛爆的危險。」

宛如魔法般，她舉在頭上的傘打開了。

「我在這裡。」

傘輕輕地飄了起來。

下一秒，翡若捷蒸發、消失。只剩失去主人的傘在原地浮游。

「我在這裡。」

聲音從身後傳來。距離雖近，依然是瞬間移動，山姆只知道還有一個存在能做到這點，就是亞美利。能夠隨意往來自身冥灘、等級截然不同的異能者。

「你懂吧？每個人都有自己獨特的冥灘，而我能在自己的冥灘上穿梭。」

彷彿只剩她的笑容還留在原地。

「藉此進行空間瞬移。」

翡若捷手握著傘，再次站回山姆面前。

「我沒辦法像席格斯一樣召喚ＢＴ，但我可以一路追蹤他，甚至追到冥灘去。」

翡若捷將隱生蟲放入口中咀嚼、吞下，不知為何，臉色看起來很蒼白。

「要一直瞬移下去很困難，物理空間的距離並不重要，只是每跳一次都會消耗能量。所以我需要吃這個，增加我的血液供應。」

翡若捷的能力，會消耗她的血液或構成血液的養分。山姆在亞美利身上沒看過這現象，所以這可能是另一種類型的能力。追究「為什麼」本身就沒有意義，為什麼亞美利出生於冥灘？為什麼我是回歸者？為什麼我的血對BT有效？現今人們所知的世界，是由無數個為什麼錯綜複雜地堆積而成。

對這個世界來說，活下去遠比探討「為什麼」重要。面對飛來的球，不是打回去也不是接住，只要徹底避開它們，人類就能繼續苟延殘喘。結果就是一座又一座被高牆包圍的城市。

「你要去緣結市對吧？那地方是恐怖分子的大本營，如果你心意已決，遲早都會對上席格斯。」

「聽著，我是送貨員，不是剷除怪物或恐怖分子的專家。」

「如果我們合作呢？我能用我的力量幫助你。就算目的不同，我們還是可以結盟，你不覺得嗎？」

山姆無法輕易表示肯定，但也難以否認這點。

「我可以『傳送』你，讓你穿越我的冥灘。不過只能去開若爾濃度夠高的地方，也就是開若爾網路已涵蓋的地區。」

「妳想要什麼回報？」

將雨傘收好，翡若捷在山姆身旁坐下。他們的肩膀幾乎碰在一起，山姆反射性想把身體移開，她於是把臉湊近。別跑開，像是這樣默默地告訴山姆。

「我要你好好想想我的提議。」

山姆不由得接下了她遞來的信物手環。

「這個一定能幫上你。有需要就呼叫我吧，這將是我們之間的紐帶。」

翡若捷站起身，走到牆邊，將傘掛在牆上。

「下次見。」

只留下聲音的迴響和笑靨，她就這麼消失了。

★

地面層的終端機啟動，顯示出一張地圖。從另一頭可以聽見輸送帶和揀貨機運作的沉重聲響，大大小小的貨箱陸續被送到山姆面前。

貨量比他想像要多很多。要只用單趟運送這些東西，得耗上不少力氣。不過這並不奇怪，因為山姆接下來要從這裡啟程走訪三座庇護所，這些庇護所在地圖上被標記為亮點，分別從這座湖結市向西南方分散開來。

每個庇護所上頭都標有工程師、匠人和長老等代稱。它們並非真正的姓名，只是單純的記號。不久前，山姆曾幫準備者送過貨，所以對他們的生態還算熟悉。為什麼會演變成這種形式，有個頗合理的推論。

死亡擱淺發生後，人造物品經年累月地被時間雨侵蝕，地形也不斷在變化。隨著北美大陸退化成荒野，地址對準備者來說變得毫無意義，雖然地理上相隔的人們之間的交流並未完全中斷，面對面溝通卻幾乎沒有了。當人們習慣了之後，描述居民特徵、而非直呼本名的象徵性稱謂逐漸形成主流——大概是這樣。有人告訴過他，這算是舊世代網路文化的復興，但山姆無法體會那個時代的感覺。

一邊考慮貨箱的大小和重量，一邊放上背架以維持配重平衡，最後再奮力背起。背帶深深陷入肩膀，所有重量都壓在了山姆的腰上，腳趾甲還是剝落的狀態，因此傳來一陣刺痛。這股疼痛和負重在在提醒他，「山姆」並不是一個記號。然而沒有人能明白這點。人們所等待的並非山姆，而是包裹，對那個人而言，山姆不過就是一名送貨員的記號。但是這也無所謂，毋寧說這就是山姆自身的期望。

走出湖結市配送中心，舉目所及到處都是破壞的痕跡。棄置路邊的電動車和摩托車引擎被拆掉了，運輸用的卡車翻覆，露出燒焦的底盤。鋪設的道路有不少大裂縫，斷斷續續地延伸到南邊的丘陵上。路旁矗立著一座舊世界加油站的遺跡，布滿紅褐色鐵鏽的看板上畫著貝殼。這一帶原本的氣候就很乾燥，不太會受到時間雨影響，所以死亡擱淺初期造成的破壞與幾個月前發生的破壞痕跡並存著。雖然破壞摩托車和卡車的是分裂主義分子，但破壞了舊世界的死亡擱淺之真相，至今仍混沌不明。

準備者之所以多半居住在這種地方，主要原因都是不怎麼下雨，只要ＢＴ們不出現，物資保證送達，生存就不會面臨太嚴苛的挑戰。然而，頻繁的恐怖行動讓他們不得安寧，破壞活動令死亡人數攀升，罹難者變成ＢＴ，不斷增加時間雨的風險。分裂主義者的偏激行為，改變了這一帶的生存環境，縱使如今還保留著公路和加油站等等舊世界的遺物，隨著雨水澆灌，最終可能都難逃腐朽一途。

當山姆沿著公路走到丘陵頂端時，視野豁然開朗，可以俯瞰四面八方。往東北方向，能瞥見巨大的城市廢墟，那是中結市，被可攜式的小型核彈摧毀了。一團又一團漆黑的雲層在它上空盤旋。

『嘿，山姆。』

銬環啟動無線通訊，對象是心人，只有開啟音訊模式。由於心人所在的位置只能透過一般線路接通，雜音很大。

『中結市是被核彈瞬間摧毀的，從你那裡能看到吧？噢，因為你人還在開若爾網路涵蓋範圍內，總部能夠掌握你的定位資訊。我是透過總部得知的。』

不等山姆回答，心人就自顧自開始說。

『在那場核爆中，大多數人的身體都被燒毀了，所以他們的靈魂並沒有在冥灘上遊蕩，而是去了另一邊。只不過——雖然這麼說不太道德，也有一些人沒死透。他們的身體四分五裂，卻未被焚燒，於是成了ＢＴ。

城市上空的黑雲，就是淪為ＢＴ的那些市民的象徵。廢墟中會測出高濃度的開若爾物質，時間雨也因此斷斷續續地下，最終廢墟會消失，化為一片荒野。只要人們不靠近，ＢＴ就不會出現，也不會引發虛——』

一陣可怕的噪音，令山姆摀住耳朵。

『山姆，聽得到我說話嗎？』

就連這句話都變得七零八落，心人傳來的音訊幾乎聽不清了。

『請盡快——五，四，三……』

取而代之的是一道機械語音，心人慌亂的聲音打斷了它：

『噢，山姆。抱歉。』

隨著最後一個字落下，機器發出嘟嘟聲，通訊也被單方面掛斷。

山姆試圖用銬環重新獲得心人的連線許可，但沒成功。

不管怎樣，總之盡量別靠近中結市吧。山姆又看了看廢墟和黑雲，暗自點頭。

隨著山姆一步步走下山坡，鋪設好的道路逐漸被沙子蓋住了。舊世界消失，人類存在的痕跡也消失，前進得越多，原先的沙地就更偏向嶙峋的岩石地形。他不禁有種錯覺，自己彷彿正在一點一點地遠離人類的世界。

有個像鯨魚腦髓的東西掉在地上。

那是所謂的大地的珊瑚。就像翡若捷愛吃的隱生蟲那樣，在死亡擱淺發生之前，這東西並不存在。時間雨，還有帶來時間雨的開若爾雲和冥灘也是如此。它們都屬於新的環境，作用是淘汰掉不能適應環境的生命，結果就是誕生出像山姆這樣的異能者。這理論他已經聽過很多次了。布橋斯的核心成員多半被要求天賦異稟，並被賦予了重建美國、同時引領全人類的重責大任。

過去，他曾天真地相信這個使命，而現在山姆仍懷念那種天真。人類是時候該功成身退了。異能者不過是瀕臨滅絕的人類，所開出的最後的花朵。

山姆陷入這種不甘心的情緒泥淖，已有很長一段時間。曾幾何時，他試圖克服自己的接觸恐懼症；曾幾何時，他矢志做為布橋斯的一員，為重建美國拋頭顱灑熱血——但那股年輕的激情已不復存在。如今他只能背負這份不甘，來往在某人與某人之間的路上。這就是他打算做一輩子的事。直到這片大地再無人煙為止，他會一直走下去。如此一來身體將持續磨損，等到把最後一車貨物送到最後一個人手裡，我就可以死了吧。

所以，這是為了赴死而踏出的一步。

末日準備者的庇護所終於快到了。

★

／／美利堅合眾國中部

火焰在面前晃動。

一張印有護照和社會保險編號的卡片及信用卡，在菸灰缸上燃燒，像隻被點燃的小動物掙扎著。我把臉貼近，點起叼在嘴上的菸。已經兩年沒抽了，所以頭有點暈，就像十四歲第一次嘗試抽菸時那樣。是時候不用再擔心我的健康了，何況，我之後可能再也拿不到新的菸草。

火焰熄滅，只留下灰燼。我把菸灰彈到殘骸上，打開窗戶，想讓菸味散出去，外頭卻傳來了什麼東西燒焦的味道。

南方的夜空被染成紅色，遠處的城市正在燃燒。這場火已經持續了多少天？煙霧從這裡也清晰可見，就像飛往空中的黑色龍捲風。這場大火將終結美國。

跨越那道火焰，再越過邊境，是我的老父親和老母親。

早在這件事發生前，他就明白，自己再也無法與家人團聚了。

美國早已封閉了他回歸故鄉的所有道路。他的父母懷著對美國的希望，跨越邊境來到這個國家，沒有取得國籍便生下了他。一個美國孩子和他的非美國父母，就這樣被拆散兩地。

那火什麼時候才會熄滅？他的疑問很快就得到了解答。

天空裂開了，洪荒之雨傾盆而下，雨勢迅速撲滅了焚燒城市的大火，卻也讓城市的殘骸迅速腐朽。是時間雨。

這就是後來被稱為「死亡擱淺」的災難性事件的開端。

他抬頭看向烏雲密布的天空，點了一支菸。

自從那晚燒掉護照和信用卡後，已經好多年沒見過藍天了。雖曾預料過自己可能再也抽不到菸，但會看不到藍天這點，就連想像都太過困難。從來沒想過自己會比父母長壽，也沒想過自己會在那場浩劫中存活下來。

庇護所地下室的顯示器告知送貨員的到來。他嘴裡叼著香菸回應，並解開了入口處的鎖。一陣下樓的腳步聲後，蓄著大鬍子的男人走進室內。熟悉的身影，對方是率領著裴若捷快遞的送貨員。

他唯一可以說到話的人，也可能是他最後一位朋友。

男人皺著張臉，誇張地揮舞手臂，想把二手菸趕出去。這是慣例的儀式。他用雙手從地上的背包裡拿出一只中型貨箱，放到桌子上。

「勸你最好把菸戒了，你已經是這一帶最年長的長老（Elder）囉。」

把這句話當耳邊風，長老清點了箱子裡的東西。幾盒香菸、緩解壓力的聰明藥以及加熱袋包裝的防腐食品。數量幾乎是平時的兩倍。

「跑你這裡對我來說也越來越辛苦了。」

送貨員點燃了長老遞給他的菸，笑了笑。

「真虧你能在這種懸崖上蓋個庇護所。大家都嫌麻煩，不太願意送。」

「所以身為老大的你才親自上陣嗎？」

「要不是住得近，我才不想跑孤僻分子的單咧。」

長老拖著右腿，一拐一拐地走向儲藏室，拿來一瓶生命之水伏特加和玻璃杯。

「那麼，最近有什麼新聞嗎？」

「有啊，兩件事。」

送貨員舉起酒杯，一口氣喝乾。老人也一邊往空杯裡倒酒，一邊啜飲著。馬鈴薯製成的烈酒芳香，在空氣中蔓延。

「看樣子，布莉姬・斯特蘭說想重建美國是來真的。」

殘留在舌尖上的酒液瞬間變得苦澀。大災難發生後已經過了十幾年，她依然不打算放棄嗎？現在甚至還自稱是美國最後一任總統，多麼狂妄的一位領導人。

「聽說她正在籌組一個叫布橋斯的組織，核心宗旨就是要重建美國。其實布橋斯原本就存在，前身是由總統直接統轄的一支執行部隊，目的是為了鎮壓死亡擱淺發生後爆發的各種動亂。不過謠傳在當時這是個不惜採取暗殺和破壞手段的組織，一段時間後，他們將工作重心轉移到了克服災害的對策和研究上。但截至目前為止，還沒聽說他們有搞出什麼成果。這陣子他們似乎開始研究具有特殊能力的人，也就是所謂的異能者。這些異能者對冥灘和死亡有種異於常人的感受力，甚至能察覺到BT的樣子。」

「我們已經建了太多的牆，然而橋還遠遠不夠。」

「那是啥？你個人的名言？」

送貨員給自己倒了滿滿一杯酒。

「某個人說的。很久以前美國還真的想修一堵牆，把我這樣的移民擋在外面。拜此所賜，我和我的家人此生無緣了，以前和你聊過這個，不是嗎？美國也不是什麼好東西。」

「所以布莉姬為了造橋才想組這個布橋斯嘛。」

「只是文字遊戲罷了，雖然很高竿。如果不能讓所有人都使用，蓋了一座橋又有什麼意義？再說，我們已經有座屬於自己的橋了，你們幫忙建的。」

長老指了指送貨員胸前的標誌。翡若捷快遞。骸骨之手捧著一只小箱子。

「這座橋很脆弱，一旦我們倒下，橋也會跟著塌掉。」

「但是從那時開始，你們就一直在幫助著我們。不管是移民、遊客，還是窮人，一視同仁地對那些流離失所之人伸出援手。軍隊忙著打仗，警察忙著維持治安，但他們的指揮系統當時都亂七八糟了，根本派不上什麼用場。」

「我不認為美國是個泛泛之國，所以才允許人民用槍指著自己的國家。做為回報，人們獲得了保障自己生存的權利，而不僅僅是依賴它。」

「你在說美國憲法第二修正案吧。多虧這條，很多公民就這樣死在其他公民手裡。」

送貨員拿起掛在腰間的包裝用繩，纏在自己的右手腕上，隨後再以令人嘖嘖稱奇的速度連接到長老的左手腕。

「我和你連結在一起了。」

長老的手臂被他拉了過去。

「如果你的那條腿惡化、走不動了，我馬上就能察覺並出手救助。如果有人想攻擊你，我也能藉此保護，但你從今天起必須和我形影不離。」

「人生而自由，但卻無往不在枷鎖之中。那些自以為是主人的人，其實也無異於奴隸。」

聳聳肩，送貨員解開了繩子。

「這又是誰的名言？」

「你聽說過盧梭嗎？」

長老給他倒了所剩不多的酒。

「沒有叫這個名字的準備者吧。」

送貨員笑著將杯子湊近嘴邊。
「可以提另一件事了嗎？」
長老並未回答，而是點燃了一支新的菸。
「之後可能有段時間不能跑你這，其實……我要當爸爸了。」
他又喝了一口，顯得有些害臊。
「呃，說來話長，總之我得負責照顧小的。很抱歉。」
「恭喜你啊。不用擔心我，這些量夠我活上好一陣子了。」
長老將最後的生命之水倒進兩只空杯，和送貨員乾杯。
「謝謝。是個女孩，所以我給她取名叫翡若捷。」

★

／／湖結市近郊／長老庇護所

感應桿讀取了右手腕上的信物手環的生物識別資料，允許山姆進入。入口已經打開了，設計理念與布橋斯的設施相同，這個物資收受用的入口是唯一可供送貨員和其他外人進出的地方，住宅部分則隱藏在地下，無法輕易入侵。居民本身也鮮少上來到地表。

設置於入口處的感測器也通過驗證後，集貨終端機就會出現。

稍待片刻後，啟動的終端機投射出居民的全像投影。外觀一如外號「長老（Elder）」的男子出現在山姆面前。他站著的時候身子微微右傾，腿似乎不太舒服。

「喔喔，你就是翡若捷的代理人嗎？布橋斯的送貨員——山姆．布橋斯，沒錯吧。」

長老的表情和聲音都顯得十分疲憊，更讓山姆驚訝的是，他事先已經收到消息，知道翡若捷會派代理人過來，這不就代表他並未孤立嗎？

「抱歉，你把東西放好就回去吧。我對你沒有任何不滿，不如說還很感謝願意爬上懸崖來我家。如果你只是個單純的送貨員，那就好辦多了。」

山姆把背架放在地上，取出貨箱，裡頭都是要寄給長老的物資，也包含他須定期服用的藥物。之前中斷好幾個月沒送貨，長老手邊的存量已經見底，所以這對他而言是生死攸關的大問題。

「你帶著邱比連接器，為了重建美國而來，對吧？我知道，你想把這座庇護所當成開若爾網路的轉接點是吧。你帶來的常備藥就是這件事的談判籌碼，如果我拒絕連線，你可以威脅說要把藥帶回去。」

我不能這麼做。如果做了，就等同承認自己是布橋斯的走狗，但我終究只是個送貨員。

於是，山姆默默地把包裹放到貨架上。

「可以嗎？我並不打算和你們連接，也沒有加盟UCA的意願。」

山姆對長老聽似意外的聲音充耳不聞，默默地把背架背回背上。他不可能去強迫一個對美國毫無指望的人。留下貨物，山姆轉身離開庇護所，甚至沒有開口提出連接開若爾網路的請求。恐怕指揮官和總部都已掌握這次接觸的對話紀錄了吧。以一名送貨員來說，山姆盡了義務，但做為布橋斯的成員卻相當失職。不過，哪怕是這樣，他們想必也不會放我走吧。況且山姆本人也被用開若爾網路連接全大陸的需求給綁住，一切的理由都是為了救出亞美利。

可他依然覺得，現在的自己還沒有資格去勸說那位老人，要求他主動納入ＵＣＡ這個巨大的枷鎖。

★

／／湖結市近郊／工程師庇護所

山姆離開長老的庇護所後，爬下懸崖，準備前往另一處庇護所。對方是外號叫「工程師」的末日準備者。

根據任務簡報的資料，那個人是從父母親一代就住在庇護所的第二代。也就是說，他從出生以來就一直生活在以庇護所為中心的極小區域內。山姆進入庇護所入口，等待終端機啟動。完成交貨後，透過全像投影產生的一名青年身影浮現在山姆面前。

「你看起來並不是翡若捷啊。」

對方的聲音冷靜溫和，但可以聽得出來話語背後流露出不信任感，表情也看起來很僵硬。這也是當然的，畢竟上門的送貨員身上穿的是布橋斯的制服，卻拿著翡若捷快遞的辨識ＩＤ來送貨。

「哦哦，我知道了。你就是翡若捷的代理人吧？」

山姆還沒開口說明，對方似乎就意會了這點。雖然這對山姆來說省了不少麻煩，但是在恐怖攻擊與破壞行為頻傳的情勢之中，他這樣會不會太缺乏危機管理意識了？

「我並沒有懷疑你，也沒有懷疑翡若捷。畢竟我事前就聽說你會來了。翡若捷他們告訴過我關於你的事情，說是布橋斯的送貨員會送一套開發中的裝置過來。如果能讓我使用那個裝置，我也會答應布橋斯提出的要求。所以交易成立了，對吧？」

全像投影中的工程師打開山姆送來的貨箱。隨著層層保護的包裝被解開，他臉上逐漸露出喜悅的神色。

「對了，你應該還有一件事情要做吧。」

工程師的聲調變得開心高亢。同時，終端機發出低沉的啟動聲響。

「邱比連接器對嗎？你用那東西可以開通開若爾網路，那就是你的目的對不對？」

對方意外輕易地就接受加盟UCA了。

「你的表情看起來難以置信的樣子。我有聽說長老拒絕加盟的事情。畢竟那個人是個徹頭徹尾的末日準備者。不過像我這樣的第二代就沒有那種堅持了。因為我根本不曉得美國是什麼樣子。你也是一樣吧？」

全像投影消失，變得只傳來聲音。應該是因為工程師走到了掃描器的有效範圍之外。

「當我聽說開若爾網路的構想時，我超興奮的。大容量無時間網路。那並不只是單純的網路設施，而是將冥灘當成通訊路徑使用對吧？多虧如此，它同時也能連結到過去的各種資料。開若爾列印機、開若爾電腦，這些東西我雖然也無法明白原理，但真的很厲害。我聽說你們也有在進行將任意一段過去的情報片斷履歷互相連結起來重現出整體樣貌的研究。那就是你送來的原型裝置——演生裝置。既然你們願意讓我進行這個裝置的驗證實驗，我也非常樂意連接邱比連接器。來吧，山姆，就拜託你了。」

工程師一口氣講了這麼一大串話後，帶著興奮的表情回到全像投影。他剛才大概是去把那個所謂的演生裝置裝到列印機上。對於從小只知道庇護所中狹小空間的工程師來說，開若爾網路帶來的廣大時空想必能滿足他無限的好奇心。山姆雖然認為那樣的好奇心同時也很危險，但沒能說出口。而且更重要的是，以布橋斯提供的東西當成交換條件答應加盟UCA的行為也讓山姆感到意外。看來這個人並非秉持於個人不可動搖的想法原則而選擇孤立的。

山姆從脖子扯下邱比連接器，放到終端機上。

「謝謝你，山姆！如此一來這裡也變成美國的一部分了。然後美國肯定會成為連結整個世界的橋頭堡。不但能連結過去，也能連結到更寬廣的世界。」

那是美國明亮的一面。也是過去的山姆曾經展望過的積極未來。

「可以跟你講一件事嗎？關於翡若捷快遞的事情。有謠言說他們與恐怖分子合作，還說中結市的核武恐怖攻擊以及南結市的恐怖攻擊未遂事件都是翡若捷指揮的。說他們竄改包裹標籤或ID，將炸彈混在貨物之中，然後自行搬運。但那些都是胡說八道。至少我相信那都是假消息。他們可是和你們布橋斯聯手合作，而且願意協助重建美國。那樣的組織怎麼可能會是什麼恐怖分子？」

工程師的想法應該是正確的。從翡若捷本人以及指揮官說過的話聽起來，山姆也不覺得翡若捷他們有染指恐怖攻擊行動。然而山姆同樣不覺得他們是清白的。而就在接下來造訪匠人的庇護所時，山姆聽聞了另一個謠言彷彿佐證了他這樣的直覺。

★

／／湖結市近郊／匠人庇護所

「誰都不認為翡若捷是清白的。」

自稱非殺傷性武器製造商——外號「匠人」的男人對山姆如此說道。

「翡若捷快遞做得太過火了。也有傳聞說他們利用了翡若捷的能力。而且你有沒有聽說過？布橋斯應該早就進行過調查吧？據說把炸彈送到南結市的就是翡若捷快遞的老闆翡若捷本人。配送中心的攝影機拍到了翡若捷把炸彈帶進去的樣子。她那張臉被說成是恐怖分子的象徵了。而且我還聽說自從那起事件之後，這塊地區內就再沒人看過翡若捷。也就是說那傢伙逃亡了。對不對？

說到底，在這樣的世界中居然存在有會殺死人的武器，這點本身就是個錯誤。

確實，謬爾驢人和恐怖分子都是很危險、很棘手的問題。但沒有必要因為這樣就拿殺傷性的武器與之對抗。只要有足以阻止他們行動的武器，不，應該說工具，不是就夠了嗎？總之，應該讓武器從這世界上消失。我們無法避免人們死於意外或疾病，人總有一天會死。但是遭受暴力而唐突死亡的事情則不應該發生。這就是我要製造非致命自衛工具的理由。」

匠人滔滔不絕地說完這段己見後，接著表示他雖然拒絕加盟ＵＣＡ，不過同意把庇護所借用為開若爾網路的轉接點。

他雖然自稱是孤立主義者，卻在開發非殺傷性的武器。可見他也很清楚自己是沒有辦法完全獨立、背離世界一個人活下去。或許正因為如此，對於翡若捷的嫌疑也會感到關注吧。
山姆離開匠人庇護所過了一段時間後，銬環發出輕微的電子聲響，告知收到新的訊息。是來自湖結市配送中心的聯絡，內容是長老指名要山姆送貨的委託。

★

／／湖結市近郊／長老庇護所

山姆再度爬上懸崖，來到長老的庇護所。而對方大概是等不及山姆來訪的樣子，終端機才剛升起的同時，他就出現在全像投影上了。
「山姆．布橋斯。謝謝你。」
看到背著空背包的山姆，長老破顏一笑。聽起來很年輕的笑聲讓人感到意外。
長老的委託內容是從他的庇護所接收某件東西並搬運到他指定的場所。日期未定，希望能在適當的時機到來時盡速執行。而且這委託還有附加特別條件，要求在接收貨物之前先把庇護所啟動為開若爾網路的轉接點。關於執行日期並沒有特別指定，不過是指名由山姆負責的限定委託。
山姆為了拜訪各處的末日準備者，從湖結市出發後已經過了一個禮拜以上的時間。途中除了有一晚發現共用藏身所可供過夜之外，其他日子全部都是露宿野外。之前和席格斯叫出來的ＢＴ交戰時留下的傷口不但尚未痊癒，剝落的腳趾甲也依然保持著原狀。唯一值得慶幸的是附近沒有擱淺地帶，也沒遇上謬爾驢人——雖然說在匠人的地方完成交貨之後山姆身上便沒有貨物，因此被謬爾驢人攻擊的可能性本來就很低。
只要執行完這項委託，應該就能稍微讓身體休息一下了。
「我做了個夢，而且不只一次，是每天晚上，一次又一次。我以前聽說過，像你們這樣的異能者會做毀滅的夢。當然我夢到的跟你們那種毀滅夢不一樣，而是我自己毀滅的夢。」
大概是山姆臉上露出嚴肅的表情，長老做了一個安撫他情緒的動作。
「我已經活得夠久了。從美利堅合眾國尚存的時代，到它崩壞得絲毫不留痕跡的時代。我與人世告別的時期即將到來了。不，你別誤會。這條命我會活到盡享天年，只不過剩下的時日肯定不長。而我不禁在想，到時候我能夠為這個世界留下什麼？我說山姆，算我拜託你。可以聽聽我講一段往事嗎？聽完之後，你就把這地方連上開若爾網路吧。」
就這樣，長老開始講述起來。
那是布橋斯的第一遠征隊來到這個地方時的事情。

★

／／湖結市近郊／長老庇護所

「你等一下。」
長老對男人叫了一聲，身穿翡若捷快遞的制服準備走出庇護所的瘦男人因此停下腳步。他制服背上那幅骸骨手掌捧著包裹的標誌已經褪色。自從那個滿臉鬍子的領隊去世後，翡若捷快遞徹底變了樣。

「呃，我可以問你一件事嗎？」

據說幾天前，北方發生了大規模的破壞行動。中結市遭受核爆，讓整座城市都消失殆盡了。

長老是透過末日準備者之間的通訊網路得知這項情報。布橋斯的遠征隊來到這個地方，整備了湖結市周邊的基礎建設。多虧如此，比起以前有更多機會可以獲知外界的情報了，向翡若捷快遞提出的送貨委託也提升了準確度。然而長老卻開始感受到過去未曾有過的不安。情報雖然增加，但是都只能知道零碎的片段。另外像假消息、謠言以及缺乏可信度的情報也增加了。

「南結市發生的恐怖攻擊，是真的嗎？」

長老語帶猶豫地如此問道。翡若捷快遞的男人依舊背對著他，彷彿全身凍結似地動也不動。這樣的反應再明顯不過地道出了事實。至少長老是這麼感受到的。

「是核彈嗎？據說是你們的老闆運送進去的傳言也是真的嗎？」

男人這時轉回頭。

「那些傳言全都是錯的。我們和我們的老闆是受騙上當、遭人利用。」

「但就是她送進去的沒錯吧？」

「我們不知道究竟是誰搞的鬼，但絕對是分離主義激進派幹的不會錯。他們用巧妙的手段把炸彈混入包裹中了。」

長老試著仔細觀察螢幕上那個男人的表情。他看起來不像在撒謊。從那表情感受得到的幾乎只有憤怒，可是卻又不知道該對誰宣洩怒氣的樣子。長老深深嘆一口氣，看向眼前的控制臺。這個裝置同樣是布橋斯帶到這地區來的。

而長老自己接納了這個裝置。

自從布橋斯那群人浩浩蕩蕩來到這塊土地後，他們與分離主義者之間的小規模衝突就開始頻傳。起初只是布橋斯的商隊物資遭竊的程度，後來演變到送貨部隊遇襲的地步。剛開始大家還以為犯人是謬爾驢人，然而都市近郊的設施遭人爆破的事件成為契機，讓大家認定這一連串的行動其實是分離主義者的恐怖攻擊了。

要是繼續保持旁觀，人與人、都市與都市間的聯繫就會斷絕得更加嚴重，最終導致自滅。因此有必要盡早互相連結。布橋斯的大部隊——遠征隊提出了這樣的聲明，呼籲大家對UCA提供協助。

最初表明加盟UCA的，是鄰近於原爆點的都市邦納維爾。他們將那大家熟悉的名字捨棄，接受了「港結市」這樣的記號。布橋斯接著進行基礎建設，並且將過去經常延遲配送的物資重新配發。利用一種稱作「布橋嬰」的裝備能夠迴避BT的配送部隊肩負了這項任務。而且他們還保證在不久的將來會架構出一種利用開若爾網路的通訊網與配送網。

這意味著「國家」將再次登場於這塊土地。大異變之前，對於年輕時代的長老來說絕對稱不上好過的美國又要出現了。

但是長老卻接受了構成那個美國的片段。這份羞愧的心情至今依然無法揮散。

布橋斯越是在這塊土地致力於重建工作，破壞行為也就越加激烈。後來不只是都市或其近郊的設施而已，連末日準備者的庇護所也成為了破壞的目標。

布橋斯於是以保護末日準備者為由，呼籲各個庇護所也要安裝開若爾網路的基礎系統，並在即將到來的重建之日加盟UCA。而由於翡若捷快遞的配送變得經常發生延遲，本來就很貧瘠的情報流通也被徹底斷絕，使得長老在不安的心情驅使之下也只好答應接受布橋斯的系統了。

一度萌生的不安是沒有辦法完全根除的。

「自從布橋斯來了之後，這地方變得很危險啊。」

長老從刻印在控制臺上的布橋斯標誌別開視線。翡若捷快遞的送貨員也對他點頭回應。

「你說得沒錯。但那群人說現在的狀況是一段過渡期，只要那個叫開若爾網路的玩意接通後，也能夠阻止分離主義激進派的行動。只要有那東西，就能事先預防像中結市那樣的悲劇再度發生。透過通訊網路就能構築起一道高牆。」

高牆——從前美國曾經試圖建起高牆。而這項計畫害得原本是外來移民的長老變得無法回到自己的故鄉，因此他才選擇成為了一名末日準備者。

「另外，雖然我不是很明白原理，不過據說開若爾網路能夠掃描位於遠處的物體情報，然後利用3D列印機輸出的樣子。如此一來就不需要再冒著被謬爾驢人或BT攻擊的危險進行送貨。雖然說，到時候我們也會失去工作就是了。」

確實，現在或許是一段過渡期。如果開若爾網路的構想是真的，那麼想必會誕生出一個史無前例的國家吧。不過要發展到那程度還需要花上一段時間。只要在那之前決定自己是否要重新歸屬國家就可以了。

「那麼，再會啦。只要有今天我送來的這些物資，你應該暫時可以過一段日子吧？要我爬到這種懸崖上的家那麼多次我也很累。到我下次拜訪之前，咱們互相保重吧。」

然而這是長老最後一次見到那位翡若捷快遞的送貨員。幾個月後，他被捲入南結市近郊發生的一起炸彈恐怖攻擊而喪命了。

長老說完話後深深嘆了一口氣，點燃香菸。

或許是煙造成的影響，全像投影中的長老看起來有如海市蜃樓般縹緲，簡直就像浮游於擱淺地帶的BT。山姆頓時有種圓艙裡的BB哭出來的感覺而看向胸口，不過BB依然閉著眼睛在睡覺。

「當年是翡若捷快遞拯救了我。在那個大混亂的時代建造避難場所，並籌備糧食、藥品與衣物，讓無處可去的人們得以活下來的，是那個領隊。對，也就是翡若捷的父親。才不是什麼美國。但是——」

長老這時忽然咳嗽。咳了好一段時間後，又吸起菸草。

「那領隊驟逝後，翡若捷繼承了他的事業。那女孩也經常造訪我這裡。那時期，這一帶的局勢也平靜了許多。像我們這樣的末日準備者與建設都市的人們，生活圈彼此分離。而居中聯繫雙方的就是翡若捷那幫人。但是那女孩變了。父親死後，她逼不得已背負起組織、使命與理念等等一切的東西。她被父親過去見過的美國亡靈所附身。要簡單說那是一種壓力也可以。

那女孩終究沒能獨自承受這一切，所以她變得依賴那個男人——席格斯。結果如何？她變得連我的地方都不來了。

席格斯從西邊來到這裡，表示要在這塊土地建立一個取代美國的共生圈。他主張這個時代的問題並不是能源或糧食資源枯竭，而是那些資源沒有被適切分配。一切的問題都是出在配送上。他說西邊有豐富的資源，因此要把那些資源運送過來，讓這塊土地重生。

他還說要迴避BT也是有可能辦到的事情。需要的技術已經存在，甚至也有這方面的異能者。但是布橋斯卻把那些異能者招攬到自己麾下，想要獨占他們。這些資源沒有被適當分配就是個大問題。翡若捷信了他這些講法，畢竟翡若捷本身就是個等級驚人的異能者，而且深信那個力量可以為所有人類提出貢獻。

然而她卻沒有自己掌控那強大的力量，反而是委交給了席格斯。

剛開始還算順利。

翡若捷的能力可以將自己的冥灘當成無窮盡的保管倉庫使用。

她與席格斯只要將貨物大量寄放在冥灘，然後到必要的場所再拿出必要的東西就可以了。雖然這樣依然無法避免他們本身必須在這個世界的物理空間中進行移動的限制，不過省去了搬運貨物的麻煩。可說是一場配送革命。

但是革命之後，隨之而來的往往是新掌權者的恐怖政治。這是歷史上的必然。席格斯後來變節了。他不再致力於建設共生圈，反而轉向破壞。

也是從那時候開始，他變得會用黃金面具遮住自己的臉了。

他想要有一套足以匹配權力的衣裳。

我不清楚他為什麼會傾倒於完全相反的思想。分配轉為獨占，而且沒有告訴我們任何消息。

然後，翡若捷的能力被利用在中結市的那場核武恐怖攻擊。另外雖然最終是未遂收場，不過她也差點破壞了南結市。不論她本身的意思如何，她毫無疑問地用自己的能力協助了恐怖行動。」

復仇心。這個詞又閃過山姆腦中。

翡若捷的復仇心或許不只是針對席格斯。她自己本身的過錯、自己本身的能力會不會也是復仇的對象？她會不會是希望對自己帶著能力誕生於這個世界的事情給予懲罰？這和山姆在深層的部分是共通的感情。

正因為如此，山姆沒有辦法極力主張翡若捷的清白，也沒有辦法為她護航。自己的能力無關乎本身的意志卻對世界造成影響。而且自己不管怎麼做都無法阻止這點，只能感到絕望。

「但是山姆，我也是同罪。我同樣是核武恐怖攻擊的犯人。我自詡獨立卻又一點都不徹底，自以為通曉一切道理而否定國家，卻又在某種程度上依賴國家。因為害怕恐怖攻擊或破壞行為而安裝了布橋斯的系統，讓翡若捷他們的配送系統也隨之升級。然而這行為活化了都市與末日準備者之間的物流，造成的結果就是讓保全機制出現了破綻。就是我們那樣不成熟的態度毀滅了都市。連結並不是因為脆弱所以要強化，而是因為脆弱所以要小心保護。那個人之所以為自己的組織和女兒取了 **Fragile** 這樣的名字，就是基於這樣的想法。雖然說，如今我才明白這點或許也太遲了。

我也許是想要報復美國，報復那個害我失去家族的國家吧。然而那終究只是兒戲般的復仇遊戲而已。我始終依賴翡若捷他們，依賴美國已經崩壞的事實。如果真的要否定國家，應該是意味著自己一個人活，自己一個人死才對。

但那種事情是不可能的。至少我辦不到。就連死了之後，也同樣需要藉助於誰的力量幫我把屍體燒掉才行。死期將近，讓我總算注意到這點。

我根本不是什麼末日準備者，只是個寄生者罷了。

因此這是我最起碼能做到的贖罪。

把這裡當成開若爾網路的轉接點使用吧。讓它成為你們所建立的『新美國』的基礎。」

長老又再度劇烈咳嗽起來。全像投影也激起波紋，彷彿被看不見的手拉走般消失。山姆永遠不知道自己該對長老說些什麼話了。

山姆擦拭淚水，離開長老庇護所。這眼淚不是為了那個老人，是開若爾過敏反應。只要這地方成為開若爾網路的運作區域，成為UCA的領土，老人的生命徵象就會隨時受到監測。既然成為了系統的一部分，就能享受服務。

相對地，UCA也變得能夠管理老人的死了。能夠事先察覺壞死的危險性，避免讓屍體變成BT。人類是一種會藉由死亡而爆炸的炸彈。UCA就是透過管理死亡，安定這個世界。這應該也是UCA的重大目的之一。

換句話說，我是被死亡管理人們雇用的尖兵。

山姆再次回頭，看了庇護所最後一眼。

★

／／湖結市

即使在湖結市的私人間如何淋浴，都沒辦法沖掉雙肩與背上累積的疲勞。回到這裡之前好幾天份的身體老廢物質想必都會被淋浴間的回收裝置全部收集起來，加工成為對ＢＴ武器的資源吧。心人、瑪瑪還有頑人他們肯定會非常高興。因為山姆的身體越髒，就能製造越多的武器。

就算躺到床上，山姆也感受不到任何睡意。背部肌肉緊繃，雙腳彷彿不屬於自己似地毫無感覺。但他還是閉上眼睛，握住捕夢網。這是他每次睡前的入眠儀式。這時，忽然有水滴落在那個手背上。

山姆睜開眼睛，驚訝得停止呼吸。眼前竟是老人般乾癟而皺紋滿布的手。

裸露的手臂瘦骨如柴，外面包覆著鬆弛沒有彈性的皮膚。山姆為了撿起掉落的捕夢網而想要從床上起身，雙腳卻完全使不出力氣。因此跌了個倒頭栽的他，發現自己倒在一片沙灘上。沙子都跑進了鼻子與口腔。山姆為瘦弱的手臂注入力氣，撐起上半身吐出嘴裡的沙子。

可是被吐到沙灘上的竟是如焦油般漆黑的血液。在那灘血中還混雜了好幾根變色的黃牙齒。

就在他接著抬起頭環顧四周時，天空驟然下起豪雨。

山姆想要撥開被雨淋溼而黏到臉上的頭髮，結果脫落的一整束白髮纏到他的手指上。忍不住想大叫而吸了一口氣的瞬間，喉嚨頓時收縮讓他咳嗽起來。

山姆接著看到有個人影走在被雨濺起水霧的海岸邊。人影拖著右腳走動。是長老。

不對。長老轉頭看向這裡。那張臉竟是變成了老人的山姆。

山姆差點從床鋪摔了下去。

趕緊抓住床緣支撐身體的手臂可以順利使出力氣，這感覺讓山姆的意識回到現實。以為是雨聲的聲音，原來是淋浴的聲響。隔著淋浴間霧濛濛的玻璃門可以看到裡面有個人影。緊張感讓山姆的手臂又更加用力了。

那人影纖細的輪廓，讓人聯想到剛才海岸邊的長老。

有人趁山姆在睡覺的時候入侵到私人間來了。但山姆想不出對方的目的究竟是什麼。莫非自己還在做夢嗎？山姆握著捕夢網確認手中的觸感，並走近淋浴間。

是個女人。

在霧濛濛的玻璃門另一側，可以看到裸露的背影。從手臂、肩膀到腰部都滿是皺紋。然而奇妙的是，那骨架看起來完全不像個老人。沒有彎腰也沒有駝背，整個身體朝背後呈現一條美麗的弧線。

淋浴間裡的女人這時轉回頭，原來是翡若捷。她注意到山姆的視線，趕緊用手臂遮住自己的胸口。那雙手臂同樣是皺紋滿布。

「很抱歉嚇到你了。」
穿上熟悉的膠衣後，翡若捷毫不膽怯地坐到山姆旁邊，距離近得幾乎能感受到體溫。
「我剛剛跳躍到這裡來，可是你在睡覺，所以我想說趁你醒來之前把身上的髒汗沖掉。今天冥灘的開若爾濃度似乎比往常還要濃的樣子。」
剛才見到那個滿是皺紋的身體，與現在眼前散發出充沛生命力的臉蛋，兩者實在難以聯想在一起。
「我有個問題得問妳。我聽到一些傳聞，跟妳有關。」
對方似乎早已料到山姆這個問題似地回應：
「翡若捷跟恐怖分子同流合汙，不要相信她。或者說她也是受害者。對不對？還是說那女人才是真正的英雄？」
翡若捷的臉接近得可以感受到呼吸。山姆看著那張臉，第一次覺得這女人恐怖。在平滑剔透而毫無細紋的肌膚底下，是有如泥濘般混雜黏稠的混沌。包含了憤怒、悲傷、後悔，以及山姆不知該如何言喻的感情。這樣可怕的感覺讓山姆頓時說不出話來。
「關於我的傳聞，全部都是謊言，同時也是事實。」
翡若捷擦拭掉溢出眼眶的淚水。那不是因為經由冥灘跳躍過來的關係。那淚水不是生理反應，而是由於心理作用而流下的。唯獨這點，就算是山姆也能知道。
「山姆，告訴我。『美國』對你來說是什麼？」
山姆答不上來，只能搖頭。

「在我父親的時代，據說『美利堅合眾國』是帶有特別的意義、能夠連結世界的存在。那不只是個國家，還是自由與希望的象徵。而我父親深信，只要繼續送貨，團結人民，就能重拾過去那個時代。」

山姆回想起長老說過的話。人與人之間可以建立起橋梁，但那橋梁卻是脆弱不堪。

「父親死後我一蹶不振，後來席格斯找上了我。他提議跟我合作。一開始我們非常順利，讓我不禁相信那個人主張的理想或許真的能夠實現。可是就在不知不覺間，我們運送的貨物從援助物資變成了炸彈，從藥品變成了槍械。我們的配送系統遭到利用。席格斯拿到核彈，把中結市毀滅了。

如果我能及早發現這件事就不會這樣了。所以我盡一切所能，阻止南結市被摧毀。我試著把核彈運出南結市，但卻被席格斯阻止了。他抓到我、懲罰我，讓我留下了永遠無法癒合的傷痕。」

翡若捷摘下手套。山姆反射性地看向自己的手掌。

「時間雨奪走了我活在當下的時間。」

她用老婦人般的手擦掉淚水，重新轉朝山姆。

「所以我才會找上你的。」

翡若捷悄聲如此說道。雖然山姆心中還有幾項未解的疑問，但是他沒辦法轉為話語說出口。

「你稍微願意相信我了嗎？我隨時待命，當你有需要的時候叫我一聲。」

翡若捷的身體霎時溶解消散。

在只剩一個人的私人間中，山姆再也睡不著了。

即將從湖結市出發之前，發生了一點小狀況。

就在山姆爬到配送中心的聯外坡道頂端時，感應器忽然發出警告聲，表示該帶的貨物不足。山姆忍不住咂舌回頭，便看到一名抱著貨箱的工作人員站在終端機旁邊對山姆低頭致歉。

山姆於是準備走下坡道，不過那位身穿配送小組藍色制服的男人伸手制止後，自己拿著包裹跑上坡道。

「不好意思，似乎是系統出錯了。這包裹雖然有登記，但卻沒有出貨的樣子。」

喘得上氣不接下氣的男人制止山姆放下背架。

「我有聽說包裹全部都是要送到南結市。雖然有標上『易碎品』的標籤，不過請放心交給我吧。」

對方用熟練的動作把貨箱追加到山姆背上。

「雖然不如你，但我好歹也是個送貨員。打包程度的事情沒有問題的。從這裡到南結市的路程不管再怎麼順利移動也需要花上幾個禮拜的時間。只要還在你開通的開若爾網路運作範圍之內，我們都能夠為你提供協助。你也可以在途中的藏身所休息，那個BB的維修工作應該也不會有問題。你甚至可以在加入成為UCA人民的末日準備者們居住的庇護所利用開若爾列印機輸出需要的裝備。

然而問題就在你出了那個範圍之後。區域外不但有擱淺地帶，也有謬爾驢人和恐怖分子。雖然多虧你送來湖結市的對BT武器與援助物資讓狀況比以前好了許多，但依然不能輕忽大意。席格斯是個被破壞衝動附身的人，已經不像以前的送貨員了。不過山姆，還是有點好消息可以告訴你。加盟UCA的末日準備者們，也就是工程師和長老他們正在幫忙宣傳UCA的便利性。尤其是長老主張末日準備者只不過是依賴系統的寄生者，呼籲大家加盟。畢竟他們原本是一群為了生存下去而躲在庇護所的人。如今恐怖行動越來越嚴重，到了可能威脅生活的程度，因此他們開始認為大家團結合作共度危機是很合理的想法了。這對席格斯來說肯定很諷刺吧。因為那些傢伙的行為反而強化了UCA的團結心嘛。在送貨到南結市的路途上，也請你順道拜訪各個末日準備者與布橋斯的據點啟動網路。這是只有你才能辦到的事情。」

對方說著，輕輕拍了一下山姆背上的包裹。

「山姆．波特．布橋斯，路上小心。把這些易碎物送到南結市吧。」

山姆點頭回應後，往外踏出一步。這時忽然吹來一陣強風，讓他搖晃了一下。

「你沒事吧，山姆！」

從坡道下方傳來剛才那位工作人員的聲音。於是山姆轉回頭，比了一個沒事的手勢。

「路上小心，山姆！」

一片昏暗之中只聽得到對方的聲音了。

從湖結市出發後第十一天，山姆總算找到了一處藏身所。

目前為止都多虧還在開若爾網路的運作區域內，一路沒有遇上什麼大麻煩就抵達這裡了。畢竟山姆可以藉由開若爾網路預測謬爾驢人的活動或是時間雨的動向，事前避開這些問題。

透過親身體驗這些開若爾網路帶來的恩惠，山姆明白了自己所達成的事情究竟有何意義。原來如此，這玩意確實不壞。然而就算讓它涵蓋了整個大陸，ＢＴ也不會消失殆盡。謬爾驢人和恐怖分子也不會因此根絕。

——對，所以必須架起橋梁才行。不是築起高牆忍耐度日，而是需要能夠跨越恐怖存在的橋梁。

山姆接近藏身所，終端機辨識出他的身分而啟動了。設置於地下的休息室出入口隨之打開。這個藏身所就是目前開若爾網路涵蓋範圍的最邊緣。

將大量貨物寄放到保管倉庫後，山姆進入私人間。

接著將被泥巴與汗水沾得都變黑的藍色制服與鞋底磨耗的靴子都脫了下來。那些東西在清洗的同時，附著於上面的血液與老廢物質也會被回收。右腳拇趾好不容易才長到一半的趾甲又剝落了。照這樣下去，恐怕抵達亞美利的地方時都還不會痊癒吧。這個痛簡直已經像這趟旅途的伴侶了。

山姆以前聽同行的送貨員說過，有個送貨員覺得三不五時就趾甲剝落實在太煩，於是自己把全部的腳趾甲都拔掉，而且為了不讓它們重新長出來，還在全部的腳趾淋上了酸液。

現在的山姆不被允許做出那種事情。因為他的肉體，從他身上產生的所有廢棄物都是降伏BT用的資源。

山姆進入淋浴間，恨不得打在身上的熱水都是能夠溶解萬物的強酸。或是為了平息BT，乾脆把自己這特殊的身體整個都拿去當祭品算了。失去了肉體（Ha）的靈魂（Ka），這次會不會真的越過交界、穿過冥灘，抵達亡者的世界安居下來呢？

醒來的同時，銬環上顯示出生命徵象的分析結果，告知山姆的身體「尚能使用」。BB也狀況良好。山姆咬碎止痛劑與聰明藥的藥錠，混著高機能保水液一起吞了下去。先貼上保護腳尖的貼布後再套上新的靴子，穿起清洗乾淨的制服。背上背包，抱起BB圓艙，坐在床上把臍帶連接起來。

淚水頓時溢出眼眶。是一如往常的過敏反應。

為了避免大腦視覺皮層搖盪導致的平衡感錯亂，山姆閉上眼睛。

然而卻有人在他的腦內睜開了眼睛。

BB——

原諒爸爸，爸爸現在就把你放出去。

某個人把臉貼近過來。懇求BB原諒的同時朝這裡伸出手掌。

幻覺應該只有短短的一瞬間。

是疑似BB記憶的片段。感覺並不是很舒服。不，更重要的是自己彷彿與BB的感情直接連結在一起，讓人有種無止盡的強烈不安。

山姆擦掉汗水與淚水，站起身子。BB則是有如什麼事情都沒發生過似地依然閉著眼睛。

後續的路途比原本預想的還要順利。雖然途中被謬爾驢人偵測到幾次，不過每次山姆都平安迴避了。

『開若爾網路是將冥灘當成通訊路徑使用的技術。冥灘連結亡者的領域。那裡有滅絕或死亡的生物留下的記憶、情報與痕跡，而開若爾網路應該也會連結到那個領域才對。不過靠現在的「連結」還沒有辦法連上那麼深的領域。』

之前如此對山姆解說的，是心人。

那是山姆在南結市東北方的配送中心私人間休息時，心人透過無線通訊告訴他的。

『你所肩負的使命可不只是讓美國復活而已。也許你不相信，但如果開若爾網路能夠全面運作起來，想必也可以成為搞清楚並克服死亡擱淺現象的契機。』

「你所謂的搞清楚，也包括像我這樣的回歸者或異能者的謎團嗎？」

『對，我想。不——應該說，肯定。所謂的開若爾網路，原本的構想是為了與亡者連結，將因為死亡擱淺而喪失的紀錄與情報發掘出來的系統。像你這樣的特殊體質，以及像我、頑人、翡若捷或亞美利這樣的異能者為何會誕生的謎團應該也能得到答案。我就是因為深信如此，才會窩在這樣的雪山之中啊。』

山姆想起心人的研究設施是位於一處與冰河和焦油湧出地帶緊鄰的嚴峻場所。

『BIG FIVE——過去地球面臨過的五次大量滅絕。如果不只是透過痕跡或紀錄，甚至可以獲悉當時的狀況，你猜會如何？我們也許就能對抗這場有人說搞不好會成為第六次大量滅絕的死亡擱淺現象囉。』

心人的聲音被一陣電子聲響打斷。

『抱歉，山姆。時間到了。後續內容下次再講吧。』

無線通訊突然就被切斷。山姆只能呆呆望著終端機螢幕上映出的布橋斯標誌。覆蓋整塊大陸的網子。這網子能夠撈起這個世界的真相嗎？還是有如那錯綜複雜的網紋一樣，帶來一場更嚴重的混亂？或者就像蜘蛛網，把人抓得無法動彈呢？

這些猜測全部都正確，但也全部都不對。唯獨這樣的預感在山姆的心中深處茫然萌生了。

★

／／南結市

配送管理人歐文・紹斯維盯著眼前的螢幕。從大陸的東海岸一路到中部都被網狀的紋路覆蓋。那紋路顯示開若爾網路的運作區域。自從中結市被核爆恐怖攻擊炸毀，又有好幾處的中繼據點遭到破壞後，員工們的士氣不斷下滑。重建美國什麼的果然只是一場夢。已經不可能實現了。說到底，跟翡若捷快遞合作本身就是個錯誤。就在諸如此類的意見逐漸支配大家的想法時，這座南結市也成為了爆破恐怖攻擊的目標。

從事後的調查中知道，這場恐怖攻擊的計畫是在都市的中央區域以及周邊設施放置大量的炸彈，並且讓它們同時啟動。不過實際上被搬送到中央區域的核彈在引爆之前就被排除。周邊設施的炸彈除了一部分之外，也都順利在事前阻止了。

經過這次的事件，布橋斯的成員們以及市民們的意見變得分歧。

整件事之所以沒有釀成大禍，要歸功於翡若捷的員工們事前察覺了那項計畫。翡若捷原本與席格斯一起擬定計畫準備實行，但由於發生內部分裂而終告失敗了。證據就是監視攝影機的畫面捕捉到翡若捷的身影抱著疑似炸彈的包裹。人們對翡若捷快遞的評價從此分裂。

然而唯獨有個想法上，大家意見一致。那就是面對日趨嚴重的恐怖攻擊，必須想辦法自衛才行。

末日準備者們也不例外。在山姆・布橋斯把邱比連接器帶來這裡之前，歐文他們這些工作人員也拜訪過末日準備者們的庇護所，請求協助建立反恐體制。其中包括在中結市的破壞行動中勉強逃出來而不得不居住在庇護所的家族、針對時間雨造成的環境變化進行調查的民間科學家、遺物回收者、舊貨商等等。身世與經歷都五花八門的末日準備者們各自的狀況以及對於所謂「國家」的價值觀也都不同。再說，根本不曉得國家是什麼玩意的第二代越來越多了。

將這樣的一群人凝聚起來的原因，是對於席格斯那些分離主義激進派的恐懼與憎恨。而歐文他們遇到有人不願意加盟UCA的時候，就會嘗試勸說對方其實不用勉強加入「國家」這樣的體制中也沒關係，只要願意把庇護所借用為開若爾網路的轉接點就足夠了。

現在山姆就走在這條歐文他們事先做好準備的路上。隨著他帶來的邱比連接器開通一處又一處的開若爾網路，布橋斯的蜘蛛網就會逐漸擴大版圖。那模樣看起來也有如被破滅與絕望逼迫到世界角落的人類正一步步展開反擊。

山姆・波特・布橋斯。這個名字對於歐文來說簡直就是救世主的意思了。

歐文・紹斯維收到瑪瑪寄來的一封文字形式的警告訊息。瑪瑪是布橋斯的核心成員之一，負責指揮邱比連接器和開若爾網路的研發，而她的生活據點兼實驗室就在南結市附近。

她寄來的警告內容表示南結市附近的開若爾濃度變得很不安定。雖然無法判定明確的數值、位置和範圍，不過最近這段時間最好小心注意。

這地方還沒有進入開若爾網路的運作區域，因此沒有辦法觀測出正確的數據。這點在瑪瑪的實驗室應該也一樣才對。不過歐文並不認為瑪瑪會毫無根據就發出警告。為了保險起見，歐文試著聯絡已經進入開若爾網路運作區域的配送中心，然而對方卻表示開若爾濃度的變化上並沒有什麼特別異常的數值。

心中湧現一股不安的歐文決定親自到外面看看。

他雖然不是異能者，但藉由接觸空氣、呼吸氣味，或許可以知道些什麼。

於是他搭上電梯，來到地面層。感受到的是乾燥的風，混雜些許的腐臭。是從近處的坑洞湖飄來的氣味，湖中蓄積的焦油狀物質所散發出的腐臭。雖然這點其實一如往常，但就因為瑪瑪的警告，害得歐文不禁覺得那是某種不祥的預兆。

他爬上聯外坡道。頭頂上可以看到天空，不過同樣一如往常。看不見太陽這點也是跟平常一樣。日光只能隔著開若爾雲形成的薄紗照到地面上。他接著走出入口大廳望向遠處，凝神注視這片只有岩石與沙灘而宛如其他行星般的風景。甚至拿出光學式望遠鏡看向遠方，可以看到剛才聯絡過的配送中心小小的影子。

從一塊有如橫躺的鯨魚屍體般的巨大岩石後方，出現了一個男人的身影。背上背著大包裹，正朝著這裡走過來。雖然從這個距離沒辦法看清楚細部，但歐文可以確定。那就是救世主——山姆．波特．布橋斯。

歐文忍不住揮手大叫，想要呼喚山姆。

可是他接著又驚訝得倒抽一口氣，停下揮動的手臂。

在山姆身邊突然出現另一個身影。個頭比山姆小了一圈的纖細影子。那兩人看似在爭執什麼事情。歐文把望遠鏡的倍數拉到極限。那人影是翡若捷。山姆拔腿奔出，而翡若捷追在後面。

那女人是在搞什麼鬼！她竟然想要阻止山姆。

★

山姆總算看到了目的地的南方都市的一部分，但前方一片紅褐色的大地上到處都是奇形怪狀的岩石，阻擋直線行進的路徑。只能選擇攀越岩石或繞路而行了。而且每踏出一步，腳就會埋進沙中。或許是空氣極度乾燥的緣故，汗水一流出來就立刻蒸發，同時奪走體力。

嘴脣乾燥，滲出血液。偶爾吹過的強風颳起砂石，阻撓行進，而且隨風飄來的還有一股腐肉發出來的臭味。實在難以想像這裡是活人的世界。山姆忍不住嘀咕抱怨，把快要滑落的背包肩帶重新繫好。一塊形狀像鯨魚的岩石占滿他的視野，彷彿只可能在神話中登場的巨大鯨魚。剛才還能看到一部分的南結市也被完全遮住。這岩石實在沒辦法攀爬，只能拖著腳步順岩石邊緣繞路了。

這裡是直腸，這裡是胰臟，這裡想必是胃，只要往前再走一些就能從食道逆流逃出口中了。山姆一邊在腦中想像著內臟之旅一邊走著。到達鯨魚頭頂部分的時候視野豁然開朗，可以看到都市的全貌了。他不由得鬆了一口氣。

就在這時，都市忽然像海市蜃樓般消失。

是空間扭曲了。淚水奪眶而出的同時，熟悉的冥灘氣味灌入鼻腔。

扭曲現象靜止下來後，一名全身漆黑的女人出現在山姆眼前。是翡若捷。

「快！」

翡若捷不容分說地抓住山姆的手臂，讓山姆趕緊奮力抵抗。發炎反應從手腕通過上臂一路衝上頸部。翡若捷的手掌燙得讓人難以忍受。

「山姆，快回到湖邊。那個包裹中……」

山姆甩開翡若捷的手，重整姿勢。她毫無血色的臉蛋蒼白得有如死人，而且不斷喘氣。應該是因為瞬間移動的緣故。

「那個包裹中混有炸彈。是核彈。」

山姆不禁以為自己聽錯了。為什麼？在哪裡？這些疑問還來不及說出口，翡若捷又再次抓住山姆的手臂。這次山姆沒有抵抗，任由對方拉著自己的手臂奔跑。

「我接到來自湖結市的詢問，問說翡若捷快遞管理的包裹有沒有遺失。但是不可能會有那種事情。畢竟我這裡的狀況根本已經沒辦法進行什麼配送工作。」

翡若捷上氣不接下氣地斷斷續續如此說明。

「我馬上就知道了，這肯定是席格斯在搞鬼，或是他想傳達什麼訊息。他故技重施，把核彈混進預定送往南結市的貨物中了。」

是那時候的工作人員啊。山姆試著回想起那個人的長相，卻怎麼也想不起來。

「他是想說如果運氣好一點，甚至可以陷害你們成為核彈恐怖攻擊的犯人。那傢伙也有預測到，不，是期待我會現身救你。就算炸彈最後沒有被送交到都市，只要在我們都在一起的地方爆炸，我們就會成為犯人。如此一來翡若捷快遞跟布橋斯都會成為齷齪的核爆恐怖分子了。」

「該怎麼做？」

山姆停止腳步，放下貨物。當時追加的那個小貨箱上彷彿在嘲笑愚蠢的送貨人似的，有個像小孩塗鴉的骷髏標誌。今天早上出發的時候應該還沒有這個圖案才對。

「把它丟進坑洞湖。我之前也是這麼做的。」

也就是造成這一帶瀰漫腐臭的氣味源頭，蓄積焦油狀液體的湖。水面就像把各種色彩攪和在一起般漆黑。有如出現在地表的黑洞，會吸收掉所有光線。山姆經過那地方的時候覺得光是靠近都很恐怖，所以刻意繞路了。

「妳把我連同貨物一起瞬間移動到那地方去。」

山姆想起翡若捷告訴過他的能力。但翡若捷卻露出又哭又笑的表情，對山姆道歉。

「我辦不到。之前那次也是一樣。當我發現炸彈的時候，本來打算把它丟到冥灘的倉庫去。可是卻有某種力量阻止我那麼做。某個人的能力。能夠對我的冥灘進行控制的力量，阻擋了我。現在也是。」

「席格斯嗎？」

「不，不對。是別人。搞不好是『別的存在』。那個存在把力量賦予席格斯了。」

翡若捷準備再次抓起山姆的手臂往前跑。但山姆輕輕躲開她的手，並且把胸前的圓艙拆了下來。

「妳幫我顧著這孩子。」

被翡若捷抱住的ＢＢ露出感到奇怪的表情抬頭看向山姆。山姆則是抱起貨箱，獨自往前奔跑了。

可以感覺到腳尖在流血。靴子裡積滿血液。每走一步就有鮮血滲出來，在紅色的沙地上留下深紅色的足跡。這樣ＢＴ應該也不會想靠近吧。雖然這地方跟擱淺地帶有一段距離，不過對於現在沒有ＢＢ的狀況下，這樣還是多少可以讓人放心一些。腐臭越來越強烈，空氣越來越沉重，代表坑洞湖近了。通往湖邊的地形驟然變得陡峭，山姆只能咬緊牙關一步步爬上去。
每當貨箱差點掉落，山姆就嚇得彷彿全身都會失去血色。如果是席格斯把這玩意混到貨物中，如果他在監視山姆，那傢伙是不是隨時都可以引爆炸彈？他肯定有裝上遙控操作或限時裝置之類的東西吧。所以要分秒必爭，快點把這東西處理掉才行。
總有一種席格斯刺耳的笑聲不斷在耳邊迴盪的感覺。目前為止的狀況進行，之後的事態發展，會不會其實都被掌握在某人手中？翡若捷所說的，除了席格斯以外的某個人。
但現在不是去思索那種事情的時候。不管究竟是誰的意思介入其中，要是在這裡發生爆炸，無論南結市或山姆一路連結過來的各個通訊據點都會化為烏有。到時候不但沒辦法把亞美利接回來，就連BB也會失去。讓那孩子延長壽命也是山姆給自己的一項任務。
不是為了美國，而是為了人。
山姆從腹部深處發出呻吟，擠出力氣。
腳下滿是鮮血的山姆總算爬上了坑洞的邊緣。
接著用兩手把炸彈高舉起來，擲向漆黑的湖面。貨箱劃出一道漂亮的拋物線，沉入湖中。激起的劇烈波紋看起來有如蜂擁至屍體邊的怪物手臂，爭先恐後地想要搶奪炸彈。在大量的手臂拉扯中，炸彈完全沉沒了。
湖面霎時反白，緊接著傳來低沉的撼動聲響。腳底也能感受到震動。一段時間後，湖面又彷彿什麼也沒發生過似地恢復原狀。
「你拯救了世界。」

隨後追上來的翡若捷在山姆身邊調整呼吸。

「你辦到了我沒辦到的事情。」

山姆接下圓艙，裡面的嬰孩一臉好奇地看著翡若捷。

「或許妳確實沒能拯救中結市。但拯救了南結市的人就是妳。」

翡若捷過去也做過跟山姆一樣的事情。抱著炸彈來到這裡，把它丟進湖中。要是沒有她的建議，實在難以想像現在會變成怎樣。

「當我發現席格斯有何打算時，核彈已經快要進到城裡了。我一路跟著貨運卡車，好不容易才將炸彈送到安全的區域。但是席格斯從一開始就盯上我了。我手中抱著炸彈，在城門外被他抓個正著。」

翡若捷注視著湖面，開口描述起來。

想必我永遠也忘不了當時的雨聲、雨的氣味和天空的顏色。就像留在這個身體上的痕跡永遠不會消失那樣——

★

她被命令跪下，雙手交疊在腦後。穿慣了的制服遭人撕扯開來，翡若捷全身上下只剩一條短褲。

在南結市配送中心的卸貨入口，姑且往外蓋了一小段的屋簷底下，一場儀式即將開始。

祭司是席格斯，祭品是翡若捷，為數不多的見證者則是他的兩名手下。除了翡若捷，在場所有人都蒙著面。

「聽著，翡若捷，我們來玩個遊戲吧。」

祭司席格斯朗聲宣言，在他這麼說的時候，一名見證者舉槍祭祀，槍口對準了祭品——翡若捷。席格斯抬頭看天空，雲層於是凝結，將此處籠罩在傍晚般的黑暗中。滴答，彷彿有雨滴落在地面，才這麼想，時間雨便傾盆而至。

「妳是想活得像個受損的易碎品，還是為了運送易碎品而受損？」

翡若捷面前擺放著存放核彈的箱子，是她把它帶到這裡來的。

「妳可以逃跑。如果想自保，只要瞬間移動就行了，我沒辦法阻止妳。但如果無論如何都想拯救他人，就得帶上這枚炸彈，把它沉入前方的火口湖裡，如此一來這座城市就能得救了。不是很簡單嗎？」

然後他又抬頭看了一次天空，時間雨宛如瀑布般加劇。

「這遊戲對妳來說太容易了，只要在時間雨中行走就好。犧牲妳『現在』的時間，替結市居民換取一點點『未來』。怎麼樣？妳可以自由選擇。」

席格斯摘下面具，再取下戴在底下的防毒面具，露出了他的真面目。

「我其實不太喜歡我的臉，所以才把它遮起來。但妳呢？妳愛死了父母給妳的這張臉對吧。」

他抓住翡若捷的頭髮，把她拉近。也許是被翡若捷撇過頭的反應激起了嗜虐心，席格斯臉上帶著殘忍微笑，伸出舌頭舔了舔她的眼球。

「別擔心，我不會讓妳的臉花掉的。我要用妳的臉來向世人宣示。」

說著，他硬是把自己的防毒面具套在翡若捷頭上。露出真面目的席格斯，和隱藏起容貌的翡若捷，兩人相比一開始的情況互換了。

「你為什麼要背叛我？」

席格斯給了沉聲質問的翡若捷一個憐憫的眼神。

「因為我遇見了在妳之上的存在。一個不需要我戴面具的人。」

席格斯命令部下，逼翡若捷站起來。

「聽著。就算妳保住了南結市，也會被當成破壞這座城市的始作俑者。妳那張漂亮的臉蛋永遠是恐怖分子的象徵，走到哪就會被追殺到哪。無論怎麼小心地對待『易碎品』，總有一天會弄壞。」

雨還是激烈地下著，能聽到遠處廢墟之中傳來一些建築倒塌的聲響。

「妳打算怎麼做？要放棄嗎？」

席格斯在她耳邊低語。他的舌頭，這次碰到了翡若捷的耳垂。為了甩開那溫熱黏稠的觸感，為了避免在耳中留下席格斯的詛咒，翡若捷抬起頭，大聲說道：

「我會帶走易碎品。我不會破壞任何事物。我也不會被弄壞。」

她反覆誦唸，藉以淨化詛咒，激勵自己。

——我不會被弄壞。我會帶走易碎品。我不會破壞任何事物。我沒那麼脆弱。

抱起腳邊的炸彈，翡若捷開始奔跑。

時間雨殘忍地落在她裸露的肩膀、背、胸、四肢上，無情地奪走她的時間。她的身體，原本會用獨有的步調和感覺來刻下歲月的痕跡，如今卻徹底失調、衰老了。帶著易碎品（Fragile）奔走的翡若捷（Fragile），正在一點一滴地毀壞。

在席格斯的面具保護下，她的臉沒有受損，然而脖子以下已被一名老嫗的皮膚覆蓋。懷中那顆炸彈的重量，是唯一能夠將她千瘡百孔、搖搖欲墜的身體知覺勉強留在現實世界的依據。靠著它，一位以「易碎」為名的女性在暴雨中奔跑著。

她那嬌小的身體，背負著所有生活在結市的人的性命。

「『她才是真正的英雄』。」

山姆聽完翡若捷的故事，不由得喃喃自語。

「原來傳聞是真的。」

望著吞下炸彈的火口湖，山姆讚揚翡若捷，但後者卻無力地搖了搖頭。

「我不是英雄。當時所做的選擇，我至今還一直感到後悔。我應該像席格斯說的那樣逃跑。我無法愛自己這個身體，甚至忍不住想毀掉它。」

「但妳救了這座城市。」

不——她再次搖頭。

「現在我想救的是我自己。這件事只有一個人能辦到，就是那傢伙。我要讓席格斯對我做出的選擇感到後悔。」

「妳打算殺了他？」

「我殺不了，他的力量已經比以前強太多了。但如果是你的話，也許就能做到。拜託，山姆，答應我。答應我你會留下他的小命，我還有事想當面問他。我必須知道他為什麼背叛我。」

她的側臉，似乎隱約帶著失去所愛之人的空虛感。翡若捷注意到飄浮在他們之間的隱生蟲，於是靈巧地抓住了它。

「要吃嗎？」

山姆瞬間皺了下眉，不過隨即接過來，扔進嘴裡。真難吃。

他毫不掩飾自己的表情，翡若捷看了，不由得笑出聲來。山姆於是也笑了。

「嘿，山姆。約好囉？」

說完這句話後沒多久，翡若捷便消失了。

★

／／南結市

在火口湖處裡完核彈並告別翡若捷後，山姆扛著貨物一路抵達了南結市。

興匆匆地出來迎接山姆的，是一位名叫歐文・紹斯維的布橋斯員工。原則上應該是要待在地下管理室，用全像投影接待配送員，然而歐文卻特地跑到地面上來了。你可是救世主耶！

我剛剛收到通知，說分離主義者本來打算偷運進來的核彈，被你跟翡若捷處理掉了。

「等等請務必告訴我詳細情形！」在歐文說話的同時，山姆正準備下樓點交貨物。

「對了山姆，你應該知道瑪瑪是誰吧？」

山姆邊卸下背包，邊點頭回應。雖然只有透過無線通訊交談，但山姆知道她過去也是布橋斯的一員，同時也是對ＢＴ武器及邱比連接器的發明者。上頭甚至還指示山姆在南結市休息完畢後，要前往位在近郊的聚居地去找她。

「瑪瑪剛剛有發通知來喔，說這附近的開若爾濃度不知為何非常不穩定，要你小心點。」

歐文轉告完便下樓去了。

變成獨自一人的山姆在整理完貨品後，自動自發地取下邱比連接器，啟用開若爾網路。頭暈目眩的感覺一如既往地襲來，但這次格外嚴重，像是胃袋被整個翻過來那般難受，簡直和從交界回來時沒兩樣，害山姆差點吐了。想必是因為過勞吧。不僅全程徒步從湖結市扛著大量的貨物走來，更連續好幾天沒好好睡上一覺。一度忘卻的疼痛悄然復甦，剝落的腳趾甲，以及腰背肩頸因貨物長時間壓迫造成的痛楚，在這瞬間一口氣湧上來。總之先休息一下吧，山姆搭乘電梯，往私人間移動。

下一秒，ＢＢ開始啼哭起來。累積的壓力可能快引發自體中毒了，畢竟這孩子已經有很長一段時間沒跟靜母進行同步。

山姆一邊壓抑著再度升起的反胃感，一邊輕撫圓艙。沒事的，ＢＢ。

「謝謝你山姆，你拯救了整個南結市。」

出聲褒獎處理完傷口、正在淋浴中的山姆的，是被囚禁於緣結市內的亞美利。

然而亞美利的動作和聲音卻搭不太上，投影因此有種不自然的人造感，疑似發生了某種通訊干擾。

「這樣大陸終於有一半都連結起來了。謝謝你，山姆。」

影像定格不動，只剩下聲音。

「仔細聽好，山姆。」

不料，此時一陣宛如金屬摩擦造成的刺耳雜音，填滿了山姆的耳朵。亞美利應聲消失，但山姆依舊凝視著空無一物的空間，盼望與亞美利的通訊能隨時恢復。

良久，影像終於復原——但也違背了山姆的期待。

黑色兜帽下的面具閃著金色光芒，出現在眼前的人是席格斯。

「山姆——」

但他聽見的卻依然是亞美利的聲音。是因為通訊干擾才造成影音不同步嗎？又或者——

山姆盯著席格斯的胸口，赫然發現自己送給亞美利的黃金奇普出現在他身上。

「亞美利！」

雜音再一次猛然爆出，席格斯也消失無蹤，徒留揣著不安與猜忌的山姆。而下一秒——

「山姆！」

全像投影伴隨女性的嗓音顯現，可是那並非亞美利，而是一道綁著馬尾、身穿坦克背心的纖細身影，此人正是瑪瑪。

「小心點，結市周圍的開若爾濃度正在攀升，雖然目視無法觀測到異常，單看數據的話，這變化幅度是前所未見的。」

此時宛如在呼應瑪瑪的話般，ＢＢ開始嚎啕大哭，聲音聽上去十分害怕。圓艙好端端地掛在育兒艙上，正與靜母同步中的ＢＢ，眼下應該是最感到安心的時刻，卻因不明原因嚇哭了。這也是開若爾濃度上升害的？早些時候使用邱比連接器時的重度噁心，以及方才的通訊干擾，說不定都跟這脫離不了關係。

「雖然我完全搞不清楚到底發生了什麼事，拜託你，萬事小心。」

瑪瑪神色擔憂，將單手放在胸前，另一隻手的姿勢則像抱著某種東西，可是那裡什麼都沒有。這是否也是通訊干擾造成的？

一陣警報聲震響整間房間，瑪瑪的全像投影消失了，ＢＢ的哭聲也越來越響亮。山姆眼眶盈滿淚水，彷彿每個細胞都張開了似地渾身發冷。這是他從未經歷過的開若爾過敏症狀。

一定是希格斯在主導這些異象。在這裡乾等下去不是辦法，外頭發生了什麼？希格斯想做什麼？為了找出答案，山姆搭乘電梯，上升至地面層。

外頭明顯發生了異變。

爬上地面層的聯外坡道，來到配送中心外，山姆抬頭看向天空。

天空正在變形。中心點被拉往地面，扭曲成螺旋狀，以此為軸心，周圍的雲層重重交疊，形成了一個覆蓋天頂的巨大圓盤。圓盤像生物一樣蠕動，朝此處進逼，違反了地球法則的巨型積雨雲（Supercell）。

周圍被籠罩在恍如夜晚的黑暗中，開始吹颳的風轉眼變成暴風，讓人連站都站不穩。

ＢＢ的哭聲仍無法止息。歐卓德克甫啟動，立刻變形成十字架。

山姆用單手護住圓艙，緊緊抓住附近的一根柱子。被風颳起的石頭不斷撞擊山姆，棄置於四周的瓦礫碎片、甚至連修繕城池外牆的作業機都接連被吸上天空。他的手腳已經來到極限，無法再繼續承受風壓了。一塊成人拳頭大小的石塊無情地砸在山姆身上，麻痺的身體感覺不到疼痛，所以根本沒察覺自己已經鬆開了抓著柱子的手。

一陣天旋地轉，山姆被巨型風暴的中心吞噬。

EPISODE V 昂格

某處傳來嬰兒的哭聲。

BB。含糊說著，我睜開了眼睛。你在哪裡，BB，在眩目的白光下我又閉上了眼。在哭泣，那嬰兒，我的寶貝。

我的淚水止不住，懷裡那柔弱的生命，在哭泣，未曾停歇。遠處傳來男人刺耳的嗓音，金屬刮擦的野蠻聲響，一群人冰冷的腳步聲向我靠近。停下來，你們會嚇著孩子的，BB的哭聲一直止不住。

門被粗魯地敲打，一次又一次，接著開始破壞。爭吵聲、槍聲。明明平時就充斥在體內，血的溫度仍高過了體溫。

他們揍我，從兩側抓著我，硬把我拉起來。BB已不在這，我聽不見他的哭聲了。他們拖著我，把我帶到了別處。我沒有力氣也沒有體力行走。從腹部流下的血，沿著腿在地上淌出痕跡。若是沿著痕跡，或許什麼時候還能回到這個地方，只要我能記住這件事。我閉上眼，但眼前仍映著血痕。

血一直流，滿溢出來。漫過腰際，吞沒肩膀，淹到頭部。口鼻雙耳孔竅，都流進了血。我即將溺死在自己的血液中。

忽然又被一股不可抵禦的力量拖離血海。

又被拖行了。被纏繞在他身上的繩索拉著，身體稍微恢復了一點力氣。黑暗的大海。黏稠的黑色液體一處不漏地沾滿全身。受其牽動，被逼著往前走。是要被拖上處刑臺嗎？曾有過這麼一名男子，在各各他山被釘上十字架的救世主。他不明白自己為何知道這些。

繩索由四具骷髏牽著，骷髏身上破爛的服裝，是美國陸軍的軍服。連自己是誰都不曉得，卻知道這些。海水越來越淺，離岸邊越來越近。死去的座頭鯨裸露著肚皮，不只一隻。達噠噠噠，機槍怒吼著。砰的一聲，炸彈爆炸了，鯨魚肚皮如花瓣一般展開，娃娃連同內臟一起噴了出來。那是一隻渾身沾滿黑血的嬰兒娃娃。

骷髏士兵突然停止前進，導致他一頭栽進淺灘。脖子上的金屬牌相互碰撞，發出輕微聲響。這是我自己的。他試著察看金屬牌上的姓名，卻看不懂。認不出這些字母。一股深沉的悲哀湧現。

波浪把娃娃推到他面前，耳中聽見嬰兒的啼哭聲。是BB。我的寶貝。我的孩子。不知為何不在人世了。悲傷轉化成憤怒，他整個人熊熊燃燒起來，然而身體並沒有被燒焦和炭化，而是被軍服和裝備包裹住。嬰兒娃娃的眼睛眨呀眨，反覆開閉著。

在娃娃的引導下，身體自然移動。這是一種長年經驗積累而成的行為。敵人已經出現了。奪走那孩子的敵人。他對著骷髏士兵揮揮手指，下達指令。散開。還以為是捆綁用的繩子，原來是臍帶。雖然纏在身上，但不是束縛。他把臍帶逐漸收入體內，手裡拿著步槍，頭上戴著夜視鏡。

他是一名戰士。他醒了。

某樣東西落在他身後。裝在鑄鐵容器中的火藥產生爆炸，釋放出的能量撼動了大地。

★

腦袋裡感受到了大地的震動，驚醒了山姆。爆炸和槍聲，似乎不屬於人類的尖叫聲，滔滔不絕地衝擊著他。火藥味害他胃裡一陣翻攪，頭痛得厲害，周圍的區域一片昏暗，使他無法掌握到底發生了什麼事。

山姆不清楚自己在哪。依稀記得離開配送中心時，突然被一場巨型風暴（supercell）捲入其中，失去知覺，再睜開眼人就已經在這。

唯一明白的是，現在不是發呆的時候。他擦了擦臉頰上的泥巴，坐起身，BB著急地哭了出來，身體不斷發顫，看上去就像在羊水裡溺水了似的。嘿，冷靜下來。他如此安撫著BB，同時也安撫自己。

漆黑的天空被爆炸的火光染成紅色。下一秒，一聲巨響，使山姆渾身一震。這裡是哪？唯一似乎可確定的是，這裡是彼此敵對的兩方無情交火的最前線。

山姆開始奔跑著離開原地。

過沒多久，歐卓德克應聲啟動。附近有BT？這裡是亡者的世界嗎？山姆甩開了這疑問，正當他一邊觀察著歐卓德克的反應，一邊閃避槍林彈雨和爆炸時，突然被什麼絆倒了。有東西攀在他腿上。就這樣，山姆直接撲倒在泥漿中，吐出嘴裡的汙泥轉過頭，才發現一隻人手正抓住自己的腳跟——手臂另一端卻空無一物。掛在山姆腳邊的，是條從軀幹上撕扯下來的胳膊。他驚恐地踢了一腳，斷臂隨即變成無數碎片，再化為更多的顆粒，消失無蹤。

子彈和彈片飛舞的聲響又大了起來。歐卓德克的感應葉片全速運作，開始瘋狂轉圈，B B也像動物般嚎啕大哭。意思是無處可逃嗎？還是偵測器被弄壞了？山姆急著尋找屏障，避免成為流彈的獵物，瞥見再往前一點有條壕溝。他再一次起身向它跑去，縱身跳入溝中，發現裡頭死屍累累，滿地都是血和泥。

他受不了周圍飄散的惡臭，用手摀住口鼻，在壕溝避開屍體穿梭時，突然又被東西蓋住整個後背。反射性地大手一揮，把那東西推倒——是一名士兵。對方戴的鋼盔和手中的槍都掉了，趴在地上，用山姆聽不懂的語言不斷咆哮。士兵拚命把從裂開的肚子裡滑出的內臟撈起，試圖塞回原位。

對方停止動作，抬起頭來。他的目光與山姆的目光交會，睜大的雙眼同時流出了血淚。士兵說了句話，但山姆聽不懂，就算能聽懂他的語言，想必也無法理解意思，因為士兵的身體已經如霧氣般消失了。

山姆撿起槍，開始繼續前進。他不曉得有沒有辦法打破這種局面，也不知道這個地方是哪。在伸手不見五指的戰壕裡小心翼翼地移動著，一股刺鼻的異味撲面而來，這不是血腥味，而是冥灘的味道。淚水開始從他眼睛撲簌簌流下。原來在這裡的都是亡者。這裡是亡者彼此殺戮的戰場。

——ＢＢ。

聽見腦海裡有個人聲，山姆頸部馬上傳來一股灼熱感。下個瞬間，歐卓德克變形成十字架，然後應該要立刻指出近在咫尺的威脅，但它並沒有指向任何特定的方向，就只是一直在兜圈子。

一顆砲彈墜落在眼前。山姆的身體顫抖著，噴飛的石塊和石片化為一陣雨，無情地落在他的臉上、肩上、背上。額頭流出的血滑入眼中，該處的皮膚被劃開了。身體每個部位都因鈍痛發出哀號，當覆蓋整個視野的爆炸煙塵消散後，出現的是一群畸形的士兵。對方並非一個人，複數槍口早已指向山姆。然而那些盯著山姆的眼睛，每一個都是空蕩蕩的窟窿，持槍的手也沒有皮肉——那是身穿軍服的四具骷髏。骨節分明的手指齊齊扣動扳機。

山姆迅速翻身，避開火線，重整態勢後立刻還擊。他大聲嘶吼，一次次向骷髏士兵開槍。山姆的子彈擊碎了士兵的肋骨，打斷手臂，彈飛了它們的鋼盔，貫穿頭骨。噴出的骨頭碎片自行點燃，如火星般在空中飛舞，被風吹散。

——ＢＢ在哪！

遠處傳來一聲咆哮般的吶喊。這不就是先前那些幻覺中，山姆所聽見的那個聲音嗎？無法確定。聲音的主人將他們喚來此地，除非直接面對那個男人，否則永遠無法離開——山姆有這種預感。彷彿要印證他的推測，ＢＢ開始放聲大哭。

山姆對ＢＢ點點頭，吐出了積在嘴裡的血，昂首邁步。

聽得見一個陌生的聲音。一陣細小的震動聲，就像昆蟲振翅，在耳內深處迴盪。緊接著，巨大的聲響幾乎衝破了山姆的耳膜。有東西爆炸了，這一點是肯定的，但山姆的思考未能繼續下去。

地面開始搖晃，並逐漸變成一種讓人懷疑是地震或火山爆發的擺盪，連站都站不穩。

抬頭望去，只見一道巨大的浪花鋪天蓋地而來，但那不是海浪，而是大地隆起了。無數岩塊和碎石如雨點般落下，起伏不定的地浪正向山姆湧來，支撐戰壕的柱子瞬間解體，被洶湧的土沙沖走。逃跑已經來不及了。他背對著逼近的地浪蜷縮著身子，把圓艙抱在懷裡，深吸一口氣。

地浪在山姆的頭上碎開。

一旦被足夠填滿壕溝的泥沙吞噬，他自然會動彈不得，窒息而亡。不料，等待山姆的，卻是與他預想截然不同的結果。

地浪將山姆沖走，帶著他去找聲音的主人。

——ＢＢ。

是那個男人。那個在幻覺中尋覓過ＢＢ的人。不同的地方在於，眼前這名男子戴著鋼盔和護目鏡，身穿戰鬥服。男子低頭俯視半埋在土裡的山姆，用槍指著他，槍口幾乎要碰到山姆的額頭了。

「把ＢＢ還給我。」

他用近似低吼的嗓音喃喃道。山姆搖了搖頭，ＢＢ也在差不多的時候開始哭泣。男子的臉一陣扭曲，因為被護目鏡遮住了，無從判斷他的表情，然而不知為何，看起來十分悲傷，像是因ＢＢ受驚嚇而感到失落。

他的身體晃了晃。趁著這個機會，山姆猛然抓住槍管，一鼓作氣站起。那人腳步一虛，但很快就調整好姿勢，用盡全身力氣想再次放倒山姆，纏鬥之際，他手中的槍被撞飛出去。

怒吼一聲，男子一拳砸向山姆的胸口。肺裡的空氣一下子被擠出體外，使山姆幾乎暈厥，在他即將摔倒時，男子抓住了他的手臂，順勢往下巴揮出拳頭。

山姆以毫釐之差伸手擋下，並抬起膝蓋撞向對手的腹部。男子的手於是鬆開了，兩人拉開一段距離，怒目對視著。

「把ＢＢ還給我。」

黑色的淚水從男人眼中流出。

為什麼——山姆想問話，但問不出口。因為還沒等他張嘴，那人就猛力甩了甩頭。沒辦法和這個人交談，山姆直覺意識到了，有什麼東西在控制著這個男人的思緒。也許只是出於山姆自以為是的靈光乍現，不過這個男人拒絕被理解，他如此想道。這念頭令山姆不由得難過起來。

「把ＢＢ還給我。」

說這句話時，男子朝山姆伸出手。就算握住了那隻手，對方想必也會大發雷霆吧。我要的不是你的手，是ＢＢ——他會這麼說。山姆有預感會發生這種情況。山姆的想法無法傳達給男子，也不認為男子有意傳達給自己。兩人永遠沒有交集的思緒，只是讓男子的情緒愈發高漲。

「把ＢＢ還給我！」

用力揮開山姆的手，男子試圖從懷中搶走圓艙。他就像臺機器般，只會不斷重複「把ＢＢ還來」，彷彿這臺機器事前僅被輸入了這道指令。然而這個男人的表情，理當蘊藏著更複雜的情感，但山姆判讀不出來。

「把ＢＢ還給我！」

男子又叫了一聲，手伸向圓艙。

為了保護圓艙，山姆不得已推向男人的胸口，兩股不相交的力量引發了爆炸。

可是這是一場什麼都沒產生、導向虛無的爆炸。

山姆的視野失去一切色彩，所有物體的輪廓都被剝奪了。

他能感知到的只有ＢＢ的哭聲。

隨後，山姆被強制甩出戰場，回到了原來的地點。

這裡離南結市的配送中心很近。

EPISODE Ⅵ 瑪瑪

胸部痛到快痙攣了。瑪瑪抱起從剛剛開始就不停哭鬧的嬰兒，並讓嬰兒吸吮著自己的乳頭，乳房的腫痛也因此漸漸消退。但通常餵奶後就會變得安詳的女兒卻未因此停止哭泣，就連胸口深處依然由疼痛盤踞著。大概是身體對開若爾濃度的變化所致，就像溫差或氣壓變化造成的身體不適一樣。

瑪瑪自從生下這孩子後體質就改變了，身為能力者的敏感度和能力都更為精進了。然而這副身體正宣告著不祥的預感。

這幾個小時內的開若爾濃度變化讓人完全無法忽視，持續不斷地反覆上升下降。於是瑪瑪向南結市的工作人員歐文發出警告，也提醒在配送中心的山姆要多加留意。

話剛說完，開若爾濃度就急遽上升，通訊也隨之中斷。瑪瑪的女兒則依然哭泣著，像是在害怕著什麼，這讓瑪瑪心裡更加忐忑了。

確認螢幕上的數值後，瑪瑪的不安卻轉為困惑，剛才明明還在激增的開若爾濃度居然已恢復到了正常值，好像有個開關可以隨時關掉一樣，濃度倏地驟降，令人不敢置信，明明和山姆的通訊中斷後到現在還不到一分鐘。

這孩子止不住的哭泣，或許是因為濃度還很高吧。瑪瑪猜想或許觀測裝置發生了故障，之後可能還得做個維修。此時山姆銬環發出的生命跡象也瞬間中斷，大概也是因為裝置故障吧。不能去到外頭真是令人著急。

瑪瑪試著向山姆的銬環呼叫。

「山姆，聽得到嗎？」

『嗯，這是哪？』

音質雖然清晰，但聲音聽起來卻顯得非常疲憊。山姆所在的位置離實驗室並不遠，應該是在南結市的配送中心附近，但山姆的回應卻讓人摸不著頭緒。『經過多久了？我被捲進暴風之中，然後……我跑到了一個戰場。』

通訊受干擾了嗎？看來是因為開若爾濃度太高的關係吧，是另一個和山姆的聲音相似的人在說話嗎？

「山姆，你在做白日夢嗎？通訊才斷了一下子。」

『絕對不只一下子，從剛才一直中斷到現在。』

山姆的聲音顯得焦躁，搭不上邊的對話也讓瑪瑪變得不安。

『有個軍人襲擊我，他想奪走我的ＢＢ。』

「山姆，現在距離我們上次通話還不到一分鐘。」

『不可能，我一直在那邊。』

你一定是累了吧——瑪瑪話到嘴邊又吞了回去。山姆的聲音確實透著疲憊，但累的可能其實是我也說不定。

『總之，我先過去妳的實驗室。』

山姆結束這牛頭不對馬嘴的對話。

瑪瑪深深吐了口氣後走向辦公桌。幸虧這間以南結市為結點的實驗室收得到開若爾網路的訊號，所以能取得由總部記錄的山姆的動態資料。只要分析資料或許就能明白山姆所謂的戰場是怎麼一回事。

★

山姆在結束和瑪瑪的雞同鴨講通訊後前進沒幾步，就看見一座倒塌的橋墩，這是在南結市受到恐怖攻擊時損毀的斷橋殘骸。

根據資料記載，這座橋墩原本是受保護的紀念建築物。此時山姆想起了在動身前往南結市時頑人所做的行前說明。

據說在死亡擱淺爆發初期的大異變時代，部分未受損的高速公路被視為復興的象徵，進一步獲得修補、保存。因其位置十分接近南結市，便以此為中心形成了小型的聚居地，而舊時代與高速公路比鄰而建的大型物流倉庫，為這一切奠定了基礎。還聽說組織起翡若捷快遞前身的志願者們，將各地殘存的物資緊急送往該倉庫，成了這處聚居地的起源。當中特別引起瑪瑪關注的，是該地保有從相關設施中緊急撤出的超導超大型加速器，及其資料、周邊設備和各種數據。瑪瑪隨第一遠征隊抵達後，便自願駐留在當地。這座加速器最大的用途就是觀測希格斯玻色子，對身為研究者的瑪瑪而言，那裡簡直就像一座寶山。頑人如是說。

然而如今卻連遺跡的影子都看不到，放眼望去只有堆積如山的水泥殘骸與扭曲外露的鋼筋，連要稱之為棚屋都很勉強。過往建築物的幽靈就這麼盤踞在原地。

瑪瑪竟然待在這種地方，一時還真難相信，但不論對照幾百次地圖，結果皆顯示瑪瑪的實驗室所在地就是這。不過話說回來，這裡連個像是入口的地方都找不到。

山姆在周圍巡繞時觸動了保全系統的感應桿，雖然身上沒有貨物，但系統偵測到他腰上的繩結而獲准進入。乍看不過是扁塌的斷垣一角突然傳出沉重聲響，隨後緩緩開啟，正當山姆打算踏入時，ＢＢ卻開始嗚咽起來。

怎麼了？沒事的。山姆安撫著ＢＢ，並經由入口踏入昏暗的通道。大門關上後，光線變得更加微弱，內部似乎有許多裝置正在運轉，周遭傳來微弱的低鳴聲。此外應該是為了讓機器散熱，溫度驟降到吐出來的氣息都變成了可見的白霧。ＢＢ比剛才更加害怕而哭了出來，歐卓德克的手型葉片也開始反覆開合，探測周遭威脅。

被陷害了，這裡不是瑪瑪的實驗室。山姆吐出的氣息全都變成了白色。

得快點回頭——不料ＢＢ卻阻止了他。正要掉頭之際，ＢＢ像是有什麼訴求般激烈地放聲大哭，雖然感到恐懼，但ＢＢ仍想往前的樣子。山姆於是順著ＢＢ往前踏出腳步。穿過通道後，眼前迎來的是寬敞的空間。

裡頭擺放著許多種類的工具機，以及好幾臺摩托車、汽車，天花板則傳來清脆的聲響。
原來是吊飾發出來的。貝殼、愛心、海星、海豚及鯨魚形狀的活動板，以精妙的平衡垂掛在空中，ＢＢ看到那些吊飾而停止哭泣，但歐卓德克仍處於警戒狀態。
吊飾一發出喀噠喀噠的聲響，ＢＢ便跟著笑了。往上可以看到天花板有個巨大的裂縫，以及一名正在飄浮、已經死亡多時的嬰兒。山姆反射性地用手摀住嘴巴——那嬰兒是個ＢＴ。
「這孩子沒有攻擊性唷。」
此時傳來瑪瑪的聲音。
「你平安抵達啦。」
瑪瑪接著將雙手伸向空中把死嬰抱入懷中，像在演默劇般，微小的粒子在臂彎上匯聚，而瑪瑪則面帶微笑哄起嬰兒。
「肚子餓了嗎？」——瑪瑪說這句話的對象，不是山姆而是嬰兒，但卻用眼神向山姆表示「不好意思」。隨後瑪瑪將雙手伸向天花板，粒子聚成的團塊便在空中消散。
「那是什麼？」
「似乎睡著了。」瑪瑪無視了山姆的疑問說道。
她羞赧地將手放在胸口：
「胸部好脹，明明她喝不了，我的身體還是不停分泌乳汁。不過光是做做樣子，那孩子就不哭了，也能緩解一下疼痛。」
瑪瑪看著山姆的胸口笑了出來，在圓艙裡的ＢＢ微微轉動著身體。

「我是那孩子的母親（Mama）。請多指教囉，山姆。」
瑪瑪伸出右手要握手時，想起了山姆患有接觸恐懼症，便將手縮回了。她手腕上的銬環單邊未繫，懸在空中。
「你應該看得到吧？你身上連著BB。」
粒子形成的臍帶像是有生命般，從瑪瑪的下腹往上攀升。
「沒事的，她跟其他BT不一樣，只會跟我連在一起，也不會盲目捕捉生者。」
BB似乎能理解瑪瑪的話般嗚咽了一聲，歐卓德克也跟著微微動了一下並指向天花板。
「所以，我無法離開這裡。」
實驗室的牆壁明顯塌陷、天花板的裂縫依然存在，實在說不上有被妥善修復過，恐怖攻擊的痕跡歷歷在目。其中一邊擺滿最先進的工具機，但另一邊的角落也堆著損壞的醫療器具和床鋪。
瑪瑪走向牆邊的辦公桌，一邊開口：
「關於那場巨型暴風——」
瑪瑪對著時不時就起反應的歐卓德克嘆了口氣。
「讓我們大人單獨談談好嗎？」
山姆暫時將臍帶拔除，圓艙於是轉黑，歐卓德克也停止了運作。投影在空中的是開若爾濃度變化圖與時間軸。
「這裡是巨型暴風出現時的開若爾濃度，與向你送出警訊時的時機一致，但轉眼間又掉回正常值。」

濃度圖確實像斷崖一樣，幾乎呈垂直下降。

「這意味著在不到一秒的時間內，巨型暴風就消失了。接著就立刻恢復了與你的通訊，這一切都有完整的紀錄。」

自己想必正露出一副無法接受的模樣吧。瑪瑪看著山姆的表情點了下頭，開始操作裝置。

「而這是你銬環記錄的數據。」

瑪瑪開啟的另一個視窗，播放著先前山姆身處的煉獄戰場上的慘叫聲，同時音訊的３Ｄ頻譜確實隨著時序而變化。

「看來你並沒有瞎扯。紀錄上的確有時間的變化，雖然在這邊只有一瞬間，但你所在的地方時間卻持續前進，為何會產生這樣的錯亂現象？根據我的猜測，你是被困在兩個不同的時空了。」

此時實驗室的燈光瞬間閃爍後又恢復正常，螢幕出現雜訊、畫面也變得混亂。果然如此，瑪瑪低聲地自言自語。

「可以確定的是開若爾濃度確實不穩定，但還不知道這和剛才發生的巨型開若爾風暴誰是因誰是果。你聽過冥灘是沒有時間的吧？我在想你可能是被風暴捲進了和冥灘類似的時空。」

那種冥灘真是聽都沒聽過，山姆無言地搖頭。

「是啊。不只你親眼看見了巨型風暴，而且被風暴襲捲的過程也全被記錄下來了。從來沒有聽過冥灘以這種形式侵蝕這個世界。」

「如果那不是冥灘的話，又是什麼？」

「總部也在解析你的銬環紀錄，或許能推論出你被捲進的地方。」

天花板傳來嬰兒哭聲，燈光也跟著閃爍，因為拔掉了BB的連接，山姆看不見嬰兒的身影，只能從哭聲聽出似乎在抱怨著什麼。

「她最近晚上哭得更凶了。」

瑪瑪瞇著眼向上看，而淚水沿著臉頰流下。這應該不是對開若爾物質產生的過敏，因為山姆並沒有過敏反應。

「連接至開若爾網路的區域，開若爾濃度也會上升。」

瑪瑪擦掉淚水後望向山姆說，「但這數值比我預想的高太多。」

一股寒意湧上頸椎，突然覺得掛在脖子上的邱比連接器變得很沉重，難道我一路上都在散播著危害世人的物質嗎？為了拯救亞美利及守護BB，我答應了布橋斯的要求，是我閉上眼假裝看不清這一切是場騙局，是我親手搭起通往亡者世界的橋梁。

「理論剛發表進行應用研究時，布橋斯內部也認識到這是個隱憂而議論紛紛。開若爾網路擴展得越廣，開若爾濃度就會相對地上升，因此雖然會犧牲部分的功能，但我在邱比連接器安裝了特殊抑制器，好把濃度壓在正常範圍。雖然這都只停留在假說的階段。」

「濃度上升和巨型暴風都是它的副作用嗎？繼續這樣串聯整個大陸，你們能預想會發生什麼事情嗎？」

「我不否認可能會再發生時空錯亂的現象，也可能再觸發另一次大規模的死亡擱淺。」

既然如此，必須立即放棄這個計畫，山姆摸了摸身上的邱比連接器，是錯覺嗎？總覺得邱比連接器散發著熱氣。不論是ＢＢ或亞美利的事統統算了，我全都放棄，回歸送貨員的生活就好。不對，應該要思考不依靠開若爾網路這種危險的東西也能拯救亞美利的方法。這種束手無策的狀態使人心煩意亂。

「雖然還在理論階段，但我已經強化了抑制濃度的抑制器。雖然受其影響，訊號會比預期強度差一點，可能因此無法實現能『完整重現過去事物』的開若爾電腦也說不定。不過將理論上無時間且無限的冥灘這個計算資源，用有限的概念去運用，也沒什麼不可以吧？即使無法捨棄過去，也未必就要被過去束縛。」

瑪瑪將一個小盒子置於辦公桌上並解鎖，裡頭放著和山姆脖子上幾乎一模一樣的新邱比連接器。有了這個問題就能解決了嗎？山姆半信半疑地伸出手，但瑪瑪卻制止了他。

「不，這還不是成品。」

山姆急忙將差點碰觸到瑪瑪的手收回。

「雖然硬體已經改裝完畢，但還需要重寫軟體。」

「那就重寫啊？」

瑪瑪看似同意般點了好幾下頭，卻又無力地搖了搖頭：

「程式碼不是我寫的。軟體面另有別人負責，只有我的話無法完成升級。」

瑪瑪望向山姆的方向，但視線卻像是穿過並聚焦在山姆身後一般，然而他身後有的僅是搶修過的坍塌牆垣。

「她叫勒克妮，過去跟我同樣隸屬於第一遠征隊，目前應該人在山結市。」

山結市是位在瑪瑪實驗室以西的都市，建設在縱貫大陸南北的山脈地帶上。雖然因負重、裝備、路徑選擇而有所不同，但根據第一遠征隊的紀錄，要抵達山結市起碼得花上半個月的時間。

「不用擔心，我本來就打算去那。」

「也是，那我就放心了。」

瑪瑪的神情籠罩著陰霾，面容也變得陌生，或許是在修改邱比連接器一事上，有什麼不能透露的隱情？抑或在擔心即使理論足夠完整，實際運作卻可能不如預期？而我是否也就一如往常，乖乖當個搭建通往亡者世界橋梁的死亡配送員，一路往西走呢——

突然傳來了女嬰劇烈的哭聲，劃破了兩人的沉默。那哭聲讓聽的人也不禁悲從中來，本來穩定的燈光又開始反覆閃爍，瑪瑪跑向女嬰，將雙手伸向天花板。

「不知道她最近是怎麼了。」

瑪瑪一邊揮舞著手臂說道，像是要將什麼東西趕走般，此時實驗室因照明轉弱而變得昏暗。

「她好像很害怕。」

山姆將臍帶重新接上圓艙後，隱約看見了女嬰小小的身影。雖然山姆無從得知女嬰是否如瑪瑪所說的正在害怕，但BB像是感應到女嬰的驚惶，也開始啜泣起來。

從天花板裂縫中伸出如手臂般細長的物體，想要抓住女嬰，原來瑪瑪就是想趕走那個。

「可能是另一個世界想帶她回去吧。」

瑪瑪伸長背脊，將女嬰拉近自己懷中。

「也可能是她自己想回去。」

女嬰小小的手撫摸了瑪瑪的臉頰。燈光恢復後，歐卓德克的反應也變得和緩，天花板上那晦氣的東西也消失了。

「但至少我知道，我們不能再這樣下去了。」

瑪瑪抬起頭來注視山姆，同時淚水滑落臉龐。抱著幽靈嬰兒的瑪瑪，身影簡直和即將失去骨肉、仍堅定地抵抗命運的聖母如出一轍。

她眼神像是問著「你也發現了吧？」地看著山姆。

「這裡，是我當初待的醫院。」

瑪瑪輕柔地撫摸女嬰的背，娓娓道來。

懷孕的過程很順利，一如預期受孕、胎兒也穩定成長，也知道是個女孩子。大家都說我的神情看起來像個媽媽了，雖然有點難為情，但她真的很高興。忘記是誰開始叫她媽媽，自然而然她的暱稱就變成了瑪瑪，漸漸地，大家不太呼喊她的本名瑪琳根。在這聚居地，能懷胎是件非常珍貴也非常令人雀躍的事。

不在結點都市，而選擇在聚居地的醫院生產，是因為她相信若能提供自身經驗做為資料，應該能對醫療系統有所助益。

躺在手術臺上，全身麻醉後的她馬上進入沉睡狀態。

心想著睜開眼就能見到她的孩子。

但醒來後迎接她的，卻是肢體撕裂般的疼痛。身體無法動彈，就算睜開雙眼，映入的也只有伸手不見五指的黑暗。就連這裡是哪都想不起來，胸口受到壓迫，每次呼吸都感到肺部如灼燒般疼痛。

瑪瑪被夾在扁平的手術臺及坍方的天花板瓦礫間。我的孩子呢？腹部只感受到塞滿石頭般的劇痛。遠方傳來爆炸聲，建築物也隨地面震動而搖晃。

救命——甚至連求救聲都發不出來。

眼淚撲簌簌地落，嘴裡也嘗到鹹鹹的淚水，縱使如此味覺還存在，她還沒死。

想再次試著呼救，但卻無法順利發出聲音，光是呼吸就費盡全力了。口中開始吐出淡淡的白色氣息，縫隙中的陽光也消失，不知不覺就入夜了，冷空氣悄悄地奪走體溫。一陣猛烈咳嗽後，有股鐵鏽味在嘴裡擴散，也開始喘不過氣，應該是血液滲進肺部了。視野一片漆黑，睜眼閉眼已經沒有差別，滿腦子只想著自己會不會就這樣死去。

突然感受到有東西落在臉龐而回過神來，原來是有水滴正在不規律地滴落。

同時聽見了嬰兒的哭聲。

「妳在哪裡！」音量大到連自己都吃驚。我的孩子呢？她只聞其聲，卻不見其影。被壓在瓦礫下，連想轉動脖子都難如登天，但她能確定的是，有個嬰兒——她的女兒正哭著在找尋媽媽。

「我在這裡呀！」

她從腹部深處擠出力氣喊著，這裡！媽媽在這啊！然而到處都找不到女兒的身影。

就這樣在累了就假寐、醒來又呼喊之中循環。時而呼喊鼓勵著女兒，時而對她唱歌，而她總是會以哭聲回應。藉此瑪瑪可以確認女兒還活著，同時也能意識到，聽得見哭聲的自己依然活著。

已經不記得搜救隊是多久之後才抵達的了。當時她已經對痛覺和寒冷感到麻木，感官幾乎停擺。唯獨聽覺，為了不漏聽任何女兒的聲音而變得異常靈敏。外頭不知何時開始，下起了未曾在這周遭降下過的時間雨來。

黑暗中似乎聽見人類的呼喊聲，微微轉頭後，眼角瞥見了一絲光芒。

「有人嗎！有誰來了嗎！」

搜救隊聽不見她的求救，而女兒也像在呼救般放聲大哭。

明明才剛誕生到這世界，而我也還沒能夠為她做點什麼，卻和我同心協力地在對外求援。

「我在這！在這裡呀！求你……救救我們！」

搜救隊謹慎地將瓦礫移除，並把瑪瑪拉了出來。瑪瑪能動後，立即用沾滿血跡的手撫摸腹部，下腹流淌出來的血，此刻已經乾掉變黑了，消平的腹部感受不到疼痛，此時又傳來嬰兒的哭聲。

「謝謝……」

正要為瑪瑪戴上氧氣罩的女性應聲停止動作。放心，別說話，妳已經得救了——穿著布橋斯醫療隊紅色制服的女性對她說道。

「謝謝……」

瑪瑪並非看著醫療隊的女性，而是望著天花板道謝。

「謝謝妳，救了媽媽一命。」

穿戴BB的工作人員抵達後，歐卓德克立刻展開，指向天花板。

「那就是我的女兒。」

瑪瑪臂彎裡的BT女兒就是這麼誕生的。然而誕生這個說法並不貼切，因為瑪瑪的腹部還連著臍帶。

「我和這孩子一直相連著，這孩子無法離開，她連接在這，也被束縛在這。從那天起，我們就沒分開過。」

這裡是將當時的醫院改建而成的實驗室，她和死去的女兒兩人獨自在這生活著。

「妳要一輩子這樣嗎？」

山姆衝動脫口，但隨即就後悔了。他意識到跟瑪瑪沒兩樣的自己沒資格說這種話。

「你不也是？」

瑪瑪望著山姆的BB說。

「好像睡著了。」

BB閉著眼在圓艙裡漂浮。瑪瑪用臉蹭完女兒的臉頰後展開雙臂，嬰兒便徐徐地向上飄去，瑪瑪的臍帶也受牽引而攀升。母子兩人就像要一起飄向天際般，但她的真實身分並非守護孩子、對抗命運的聖母。我懂了，妳是——

「想麻煩你一件事，可以讓我採集你的血液樣本嗎？」

瑪瑪嚴肅的神情讓山姆一時語塞。

「回歸者的血液很特殊，可以讓BT回到亡者的世界對吧？」

先前為了證明血液效果而打造出武器的，就是瑪瑪本人。爾後山姆只要回到私人間休息就會被抽血，加工成的武器樣本亦能讓山姆自保。除此之外還有其他用途嗎？瑪瑪無視山姆的無奈，逕自握住他手臂，而山姆則反射性地想將手抽回——這次並非出於接觸恐懼症，而是因為瑪瑪的手異常冰冷。

「別動。」

她用自己的單邊銬環將山姆的左手腕扣住，以極細的針頭插入靜脈。

「我想做個小測試，這或許會成為你的新武器唷。」

「瑪瑪，妳果然——」

「好了。」

瑪瑪邊說邊點頭。是嗎？山姆回話時吐出的氣息是白色的，但瑪瑪卻不是。

「抱歉山姆，能讓我們獨處一下嗎？這裡能跟總部聯繫，也能保養你的裝備，在你的血液測試結束前稍微休息一下吧。」

在小型的私人間中，有張想必是剛用開若爾列印機製成的床，看起來還很新。部分通訊設備已改造成可使用開若爾網路，但沒有淋浴間和BB的育兒箱，因為這兩者瑪瑪都用不到，也沒必要設置。想到接下來前往山結市的路程和耗時，便開始顧慮起BB的狀態，如果可以的話真希望能讓它和靜母連接，舒緩一下壓力。

母子之間的連結到底是什麼呢？

山姆沒有任何有關生母的記憶，也未曾從布莉姬和亞美利那聽聞關於生母的具體描述，但母親這個存在，卻持續潛伏在意識深處。

胎兒是母親的一部分，還是從在子宮內開始成長時，就已經成為他人了？不論何者，母親都會將胎兒包覆著。即便出生後，母親對孩子而言也是不可或缺的存在。皺著眉頭，抱怨胸部會脹痛的瑪瑪。不論孩子是生是死，這名為母親的程式仍會照常運作，即使呈腦死狀態、沒有物理接觸，BB的母親也能提供孩子所需的環境。

母子之間是何時開始分離的呢？對至今未見過生母的山姆來說，這或許是永遠不得解的結吧。

——所以，我依然困在這。

山姆抬頭發現佇立在眼前的亞美利，立刻意識到這是全像投影，然而音訊和影像動作並不一致。雖說此處離緣結市尚有一大段距離，但這影音落差的情況實在反常。

「亞美利。」

山姆呼喚她，亞美利卻呆若木雞。

「席格斯和他的手下來了。」

亞美利就像個由新手操作的木偶般，僵硬地上下擺動雙手，她似乎聽不見這邊的聲音，這應該是單向的通訊。

「他們終於抵達緣結市了。我已無路可逃，所有人都死了、城市也毀了，遠征隊的成員還有市民都被殺了。」

原本占領當地、將亞美利當成人質的分離主義分子，也被席格斯的勢力殲滅了吧。即使山姆抵達最終目的地，也失去交涉餘地了，與席格斯的衝突勢必無可避免。

「這裡爬滿了BT，但我還是成功溜了出來，順利和你聯絡上。」

亞美利投影如沙雕崩塌般潰散，僅剩音訊。

「這可能是我們最後一次通話了，目前雖然還沒事，但不知道未來會如何。山姆，只要你繼續擴展開若爾網路到這裡，我就能重獲自由，就能和你一起回到東方了。」

連音訊也突然爆出震耳欲聾的雜訊，旋即消失，通訊設備也像故障般再也發不出聲響。

「亞美利！」

明知徒勞，山姆還是對著沒有人的空間大聲呼喊，亞美利沒有回應，只剩不安倍增。

——山姆，我等你。我在冥灘等你。

山姆聽見不是來自通訊器材的聲音。也可能是自己的幻聽吧？不論亞美利、我還是瑪瑪，所有人都被束縛，身陷泥淖之中。

★

螢幕無預警地一黑，實驗室跳電了，而備用電源也沒有啟動。斷電前一秒，從山姆休息的房間裡傳來刺耳的雜音。

實驗室頓時籠罩在漆黑中。

雖然之前只有跟山姆說明過開若爾濃度劇變的狀況，但這只是風暴的結果，而非起因。可想而知的是，這麼簡單的事山姆大概也知道，只是大家對於巨型風暴的產生和山姆的異時空體驗尚無眉目（**騙人，應該有點頭緒了吧**），但山姆明白在這實驗室發生的異狀，起因正是他自己。

這一切的預兆，是在山姆穿越原爆點、開始朝湖結市以西擴展開若爾網路時才出現的。開若爾網路可運行的區域，是以中繼點為中心三百六十度向外展開，強度的峰谷亦如同心圓般擴散，即使不在區域內，所受的影響也會逐漸加深。

隨著山姆越往西行擴展開若爾網路、越接近這間實驗室，那孩子的狀況就越差。開若爾網路導致開若爾濃度上升，進一步縮短了與亡者世界的距離。那孩子應屬的世界，正朝這裡逼近。

如果置之不理，恐怕會造成無可彌補的後果。而瑪瑪首先聯繫的並非總部，是山結市的研發人員勒克妮。

如同我們先前擔憂的，邱比連接器確實存在缺陷。如同預期，勒克妮未對這樣的文字訊息表示任何反應。邱比連接器必須進行修改，而我需要妳的幫助。

果然還是沒回應。不管發幾次信都一樣，音訊或全像投影更是一開始就被拒接，似乎連總部都無法聯繫到她。

聯絡不上勒克妮，時間一點一滴流逝（**本來就不可能聯繫成功，妳心裡早就有底了不是嗎？**）。山姆正亦步亦趨地往這裡靠近，女兒哭泣的次數也隨著開若爾網路擴展愈發頻繁。

而瑪瑪面前擺著的，只有兩個半成品。

一個是新邱比連接器，另一個是新銬環。只要山姆還沒抵達，這兩項裝置皆不可能完成。瑪瑪以此為藉口，姑且逃避了決斷的時機。

山姆終於還是抵達了。多虧山姆的血液樣本，才得以迅速完成新銬環（**就這麼完成了呢**）。

必須做出抉擇了（**明明心意已決**）。

拿起銬環，女兒還在睡覺，現在正是時候。用這個就能把這孩子送回那個世界了。不這麼做就無法修改邱比連接器。她一手放在下腹部，閉上雙眼，啟動銬環、切斷與女兒的連結。

但卻沒有任何變化，為何？我的假設出錯了嗎？由我本人無法切斷？

再次聚精會神，確認自己與女兒連結的臍帶，用銬環緊貼臍帶緩緩切割，身體雖不感覺痛，但胸口深處卻萌生痛楚。結果與剛才並無二致。

女兒似乎醒了，實驗室重現光明。

隨著電力恢復，通訊設備和各項機械開始重新啟動。螢幕再次顯示斷電前，瑪瑪正在閱讀的文字訊息。

『把我的女兒還來。』

那是勒克妮最後傳來的文字。

瑪瑪聽見背後傳來滑門開啟的聲響，便將螢幕關閉。山姆進到實驗室。

「有稍微休息了嗎？」

對於瑪瑪的詢問，山姆含糊地搖搖頭。說有不對，說沒有也怪怪的。胸前戴著圓艙，背上也背著背包的山姆全副武裝，一副隨時準備動身的模樣。

「在你出發前，我想拜託你一件事。」

瑪瑪竭盡所能克制聲音不要發顫，並向山姆展示剛改造完成的新型銬環。

「功能和以往相同，但加入了武器功能。這是用你的血液製成的。」

打開銬環，露出內藏的深灰色刀刃。

「銬環表面以金屬纖維鍍膜，而纖維裡則浸透了你的血液。」

山姆往後退了半步，就像看見太過刺眼的東西似地緊皺眉頭、抿起雙唇，雙手也更加緊握住肩上的背帶。

「ＢＴ是以臍帶與另一個世界相連的，臍帶能將那個世界的亡者，帶到生者的世界來，當臍帶將反物質與物質結合時，便會引發虛爆。你的血液可以在不觸發BT及虛爆的狀況下，抑制構成它們的反物質。只要運用這個特性，就有辦法切斷它們的臍帶。」

明知不需要，瑪瑪還是再次做了說明，只是對象並非山姆，而是自己。山姆背對身不看銬環，瑪瑪則緩步走向他。

「只要切斷連結，BT就會回到亡者的世界。沒有BT就不用擔心會發生虛爆。」

「所以，把我和這孩子的臍帶切斷吧。」是這樣沒錯吧？她讓開始哭鬧的嬰兒吸吮著乳頭。

「妳自己動手就好了吧。」

山姆的太陽穴浮現青筋，瑪瑪不清楚他是感到憤怒還是在憐憫她，只知道山姆正努力地壓抑自己的情緒。想必是顧慮到我與女兒的關係吧。

瑪瑪像在守護埋首胸前熟睡的女兒般，手臂愈加發力，連背都蜷曲了。暗自心想，自己現在看起來應該十分嬌小吧。

「抱歉，這孩子會怕。我知道自己這樣很壞。我當然試過了，但沒辦法，我似乎沒有再次殺死這孩子的資格，就算切斷了臍帶也還是一樣。」

懷抱女兒的瑪瑪，肩膀顫抖著。

「我必須與這孩子分開，必須前往山結市。你獨自前往山結市的話會被拒於門外的，她不只不見布橋斯的人，也拒絕加盟UCA。」

「妳說的是那個能改寫邱比連接器的研發者——勒克妮吧？」

「勒克妮就是我的雙胞胎妹妹。她絕不會原諒我和布橋斯，我必須親自去見她，所以我得和這孩子分離。山姆，只有你能完成我的心願。你願意聽聽我和勒克妮的故事嗎？」

我倆在出生前就有如一心同體般親密。

上古時期，有兩顆隕石同時墜落在地球，那兩處隕石坑分別被命名為勒克妮和瑪琳根。

我們在誕生到這個世界前就會彼此對話。雖然諮商師診斷這是我們透過回溯而虛構的記憶，但對我們而言這就是真實。不管怎麼說大家都不相信（**畢竟那時我們還沒掌握能夠說明清楚的辭彙**），但我們確實記得在隕石撞擊地球、造成隕石坑之前的記憶。

也就是說，我們有在媽媽子宮裡的記憶。我們在子宮裡時是連結在一起的，是指身體上的哦，也就是所謂的連體嬰狀態，是出生後才透過外科手術將身體分開的。但我們還是能理解彼此的思考與情感，我們擁有雙胞胎特有的心電感應能力。

這種感應能力，讓我們順利理解開若爾網路的構想。所謂的自己，在我們被送往這個世界之前早已存在，這也就是開若爾網路所連結的過去。能夠直觀理解這概念的我們，促成了邱比連接器的開發。

我們身為第一遠征隊的成員，皆以西行為目標。

但途中卻發生了悲劇。

通過原爆點抵達湖結市，再經過中央結市到達南結市，並完成通訊系統時，勒克妮的戀人意外身亡了。這不是任何人的錯，也不是恐怖攻擊，單純是由於物料倒塌造成的意外。堆積如山的貨櫃倒塌時壓死了他。如果是恐攻說不定還比較好，能將一切歸咎於恐怖分子，也有怨恨的對象，我們便能懷著對阻礙美國重建的恐怖分子的憎惡繼續邁進。

但我們無法接受他死於這樣平淡無奇的意外事故。

為什麼？這是個永遠沒有解答的疑問。就是件有如荒野中布滿岩石般自然的事情罷了。身為布橋斯的一員卻拘泥於兒女私情，太不應該了。事關重建美國的民族大義，應該要繼續往前邁進才對，遠征隊的某個成員如是說。

開什麼玩笑！勒克妮自從那個意外之後就性格丕變。為什麼會發生這種事？為什麼身為布橋斯的成員就必須隱忍？為什麼非得重建美國？

勒克妮被困在無解的牢籠裡，甚至有了上吊輕生的念頭。我感受到她訣別的意志，多虧雙胞胎的心電感應，而能及時阻止她，但卻無法填補勒克妮的缺憾。

我不是勒克妮。

就算能同步感應她的哀傷，卻無法分擔她的悲痛。

所以（**所以？**），我問了她，要不要生下那個人的孩子。

或許是因為出生時的外科手術影響，我們的身體都無法生育。

勒克妮是子宮異常，瑪琳根則是卵巢無法製造卵子。我坦然接受這個事實，畢竟我不在乎能否生小孩。但勒克妮跟我不同，她墜入情網後變得想生下戀人的孩子。

於是我就向她提議。

生下孩子，重現戀人的基因吧。為了確保各結點都市的遺傳基因多樣性，遠征隊的成員都被強制要求提供精子和卵子，因此只要勒克妮點頭，便能達成心願。由我提供子宮，代替勒克妮懷胎。人工授精過程很順利，但之後便急轉直下。

我在醫院待產時，醫院遭受恐怖攻擊而損毀，從那時開始一切都變了卦，我和勒克妮也斷絕了聯繫。

不知為何，雙胞胎的心電感應失靈了。得救之後我有試著與勒克妮連接，告訴她我沒事，但是——孩子的事情卻說不出口。就連我自己都還釐不清頭緒，不知道孩子到底是生，還是死。

我必須花點時間消化，而這段期間拉開了我與勒克妮的距離，最後便再也無法恢復了。

『把我的女兒還來。』

面對勒克妮無數次的控訴，我卻無能為力。於是我便把「山姆抵達的日子」當成最終期限。

勒克妮自行退出布橋斯後，加入了山結市的領導團隊。勒克妮是開發開若爾網路及邱比連接器的要角，又是熟知相關危險性的研究者，理所當然受到山結市市民的熱烈歡迎，然而這一切皆肇因於兩人間的誤會。

實在是很笨啊（**是啊，真是個笨蛋**）。

如果我當初能誠實轉達小孩的事，現在的情況是否大不相同？雙胞胎的心電感應也能恢復，或許就能理解彼此了。

但我辦不到，我是那麼樣地愛著女兒啊。我深愛著肚子裡的生命，甚至想獨占她。

我必須斷絕這情感及自私的執念，將我們之間的結解開。把這孩子送回那世界後，和勒克妮見面，把一切都告訴她。重新攜手改造邱比連接器，團結整個世界。

這就是造成這世界停滯不前的我，最後的使命。所有的癥結點都在我身上。

所以拜託你，山姆——

瑪瑪鬆開了緊抱著女兒的雙手說著，進入夢鄉的嬰兒就這麼輕飄飄地飛上天。

她抓緊臍帶示意山姆。

瑪瑪此時感受不到時間，也聽不進任何聲音，只專注地盯著山姆吐出的白色氣息。

她只能祈禱山姆下一秒就連接BB圓艙，為她拿起銬環。

「這不是殺人，而是解放我和這孩子的葬禮。我無法自己切斷臍帶，我猜是因為我也是亡者的緣故，亡者無法為彼此送行。所以不管怎麼對自己喊話，都無法消除我對這世界的執念，若非如此又怎麼會有BT產生呢？所以，拜託你山姆，由生者的你來斷開這連結吧。」

山姆的BB開始鬧起彆扭，從他的反應看來像是誤以為「斷開連結」指的是自己。不是唷，並不是要切斷你和山姆的連結喔。

自銬環彈出的刀刃，反射著暗淡的光芒。山姆走近瑪瑪。無數細微粒子匯聚成的臍帶，飄浮延伸至天花板。

瑪瑪緊閉雙眼，淚水同時滑落臉龐。

她下意識地咬緊牙根，屏氣凝神。接著，山姆揮落銬環。

臍帶形成的粒子就此逸散。

天花板傳來哭聲。然而飄盪在該處的並非嬰兒，而是一名大腹便便的成人ＢＴ。原來那才是真正的我嗎？隨著臍帶崩解而失去效用，人影的輪廓逐漸模糊、消散，哭聲也永遠止息。

「永別了。」

終於說出了這句話的瑪瑪，就像斷了線的木偶般渾身癱軟。已經無法憑一己之力支撐這具肉體（Ha）了，山姆雖然緊抱著這肉體（Ha），卻沒有引發任何接觸恐懼症的症狀，或許是因為自己已無法再傳遞生者的體溫了吧。

「謝謝你，山姆。請帶我到勒克妮身邊。」

★

／／山結市

勒克妮突然覺得左臉頰感覺有異樣，發現是溫熱的淚水，鼻子深處也充滿異臭。這是冥灘接近時會產生的反應。這感覺久違了，但螢幕上的開若爾濃度卻沒有顯著的變化。

自從獲知布橋斯派出第二遠征隊，並開始啟用開若爾網路的消息後，她就逐一監看著濃度的變化。也如同她先前所擔憂的，東邊的區域已觀測到明顯的差異。

邱比連接器和開若爾網路果然有著根本上的缺陷。只要將冥灘做為通訊的途徑，就越容易受到影響，這種事任何人用膝蓋想都知道。即使不用開若爾網路來做精密觀測，改成解析當地報告，或設置在周遭擱淺地帶的測量器數值這類不精確方法進行，東邊的變化仍顯而易見。

勒克妮和雙胞胎姊姊瑪琳根曾齊聲訴求，應立即修改邱比連接器，並縮小網路的規模，但這建議並沒有被採納。總統發言人頑人表示計畫不允許任何變動，於是第一遠征隊便半推半就地與亞美利一同啟程，建設基礎設施，並持續組織分散於各處的人類社群。勒克妮所屬的後發部隊，負責基礎設施的建立及保養，並持續進行研究、開發，以及從事死亡擱淺現象的調查分析。

分離主義和孤立主義分子的偏激行為，隨著遠征隊的進展而增溫，但這只是更加堅定布橋斯重建美國的意志罷了。開若爾網路的連結是對付威脅的銅牆鐵壁，能藉此共享情報與技術，並運用開若爾列印機製造各種裝備。而最關鍵的是，大家若能一同秉持重建UCA的信念，遑論恐怖威脅，縱使是死亡擱淺這樣的難關也能正面克服。

布橋斯的主張，僅僅只是政治宣傳的口號。

創造共同敵人，只為同仇敵愾。

腦袋在想什麼？勒克妮惡狠狠地說。有必要竭盡心思擴展開若爾網路嗎？瑪琳根也曾噘著嘴發牢騷過。

姊姊，曾幾何時妳變了？何時開始當起瑪瑪了？

冥灘是屬於個人的樞紐，造就各人不盡相同的生活方式，死去時也都是獨自一人。但正因為擁有獨立而相異的冥灘，人才得以相互連結。一種彈性寬鬆的紐帶——依照勒克妮和瑪琳根的認知，能實現這種理想的手段，就是開若爾網路。

如今卻被當成宣揚UCA重建理念的道具。

開什麼玩笑。只是這種用途的話，一般通訊手段就夠了吧？就算有些限制。

當遠征隊通過原爆點、掌控大陸中央區域時，她們再次向上級提出限縮邱比連接器及開若爾網路規格的建議，但總部及先遣部隊的亞美利皆否決了她們的提案。上面的意思是，即使早已搭建好既有的基礎通訊協定設施，仍無法確保開若爾網路能正常啟用，因此必須將所有機能發揮到極限。此外總部也準備了與邱比連接器運作機制不同的安全裝置，哪怕發生最壞的情況，也能保障結點都市的安全。

一方面是系統實在太龐大，一方面也為保持機密性，能掌握其全貌的人其實寥寥可數。總是把團結掛在嘴邊的布橋斯，內部卻淨是不為人知的祕密。

即使如此，她們仍打算靠自己完成改造邱比連接器的構想。

當遠征隊抵達南結市時，勒克妮和瑪琳根要求駐留在相鄰的聚居地，因為那裡還殘存著舊美國時代開發的對撞機。雖然已不堪使用，裡頭儲存的龐大資料仍具有無可取代的價值，也有助於新型邱比連接器的開發。

除此之外，更重要的計畫是，要在這聚居地透過人工受孕的方式，生育她們兩人的孩子（**不，是他和我們三個人的吧？**）。

但事與願違。因為人力不足，無法變更當初的人力配置計畫，勒克妮奉命前往山結市。不過有著雙胞胎的心電感應，總會有辦法的。對姊妹倆而言，心電感應是運用在母親子宮時所連結的冥灘進行的通訊（**每個人都各自連結著不同的冥灘，但我們的冥灘卻是交疊的**），幾乎就是開若爾網路的雛型了。

瑪琳根的奉獻逐漸治癒了勒克妮受傷的心。她也會製作給嬰兒玩的線繩玩具，送到瑪琳根的所在地。

瑪琳根懷胎的過程，勒克妮也像親身經歷般感同身受。

剛才，她踢了肚子一下耶。

兩人分享了相同的歡笑。

緊接著悲劇發生了。那並不突然，至少對勒克妮來說如此。越接近臨盆，瑪琳根與女兒的連結就越強烈。縱使她代理受孕的是我們兩人的女兒，但實際上與女兒臍帶相連的就是瑪琳根。雖然知道自己是在嫉妒，也明白這情緒太過醜惡，卻難以克制。甚至不能原諒瑪琳根被叫作什麼「瑪瑪」。

得知聚居地遭受恐攻，瑪琳根（**我才不會叫她什麼瑪瑪**）也遇害時，勒克妮最先擔心的是女兒的安危。

那孩子沒事吧？

沒有回應。

瑪琳根的冥灘被關上了。雖然接到母子兩人皆獲救的消息，卻沒有任何來自瑪琳根的回覆。

如果雙胞胎的心電感應失靈的話，那就試試看一般的通訊吧。全像投影、音訊、文字訊息，全都試過了。

『把我的女兒還來。』

發出了無數次訊息，卻未曾收到任何回覆。她從起初單純的絕望中，誕生出了不下絕望的憤恨。因為無法得知真相，那股憎恨便無限膨脹。

其中也包含了不透露任何消息的布橋斯。

會開始接觸山結市的自治團體，也是以此為契機。亞美利的先遣隊雖然一直鼓勵大家加盟UCA，但是否併入開若爾網路並加盟，在第二遠征隊帶來邱比連接器之前，都還有時間斟酌。期間布橋斯的人員皆駐留在建設於都市外圍的配送中心，除非情況特殊，否則原則上不會進入都市內部，也不會干涉內政。

勒克妮退出布橋斯，雖然並未獲得官方核准，但她利用工程師的特權，擅自將銬環丟棄了。

她主張著開若爾網路的危險性，加入了山結市的決策團隊。

乍看之下如此，事實上她是為了報復瑪琳根及布橋斯的背叛。他們既然單方面斷絕與我的聯繫，我也要以牙還牙。

之後不知過了多久，布橋斯派出了第二遠征隊，而整支隊伍竟然只有一位名為山姆·布橋斯的男子。

勒克妮的左眼持續流淌著淚水。

她知道這並不是因為悲傷，下腹部傳來疼痛的感覺。很久沒感受到這種感應了。

『姊姊，妳在附近嗎？』

從那時起便停滯至今的時間，一口氣獲得解放，不停地灌了進來，差點將勒克妮吞沒。眼淚也無法控制。

★

山姆察覺到背上瑪瑪的狀況有異。

「妳還好吧？」

山姆依舊面向前方詢問著。霎時，才剛飄下的雪花便狂暴起來，轉眼成為暴風雪。乘著側風而來的雪花襲滿全身，踏出的每一步都雪深及膝。

自從離開瑪瑪的實驗室之後，才每走一小段路就景色丕變，先是從平地變成陡峭的山岳，而現在則只有一片茫茫白雪。

除了急遽下降的溫度外，積雪與岩石更是讓人寸步難行，不論怎麼走都像是在原地踏步。即便身穿具有隔熱功能的裝甲，也換上了耐寒靴，但冷空氣還是不講理得侵骨蝕髓。趾甲剝落的腳趾已經沒有感覺了，再這樣置之不理的話遲早會凍傷的。

但這仍不比背上的瑪瑪來得更讓山姆擔心。

回想剛出發時，瑪瑪還自顧自地三言兩語談論著勒克妮跟女兒，隨後便陷入沉默。是寒氣讓她發睏了？還是體力消耗過度？抑或山姆的預感成真了——然而不管怎麼想也都只是瞎猜，或許是這場暴風雪，將瑪瑪的氣息蓋過了吧。但對此時的山姆而言，無法轉頭確認反而是件值得慶幸的事。

山姆依稀感覺到背上的瑪瑪放鬆下來。

「我沒事喔，山姆。」

雖然聲音微弱，但並不虛弱。

「我好像可以聽見勒克妮的聲音了。」

山結市就在這座山頭之後了。

「山姆啊，勒克妮越來越近了呢。多虧有你的幫忙。」

然而風雪越來越大，把瑪瑪的聲音都吹散了，所以山姆完全沒聽到瑪瑪說了什麼。

對不起，勒克妮，真的很抱歉。

★

//山結市

瑪琳根在這附近，那個讓我恨之入骨，心心念念的姊姊終於來了。

兩人的冥灘開始共鳴，雙胞胎的連結又恢復了。

像是全像投影般，無數的場景在眼前一鼓作氣展開。

崩落的病房天花板壓住下方的瑪琳根，還有受到壓迫而胎死腹中的，我的——我們的寶寶。雖然瑪琳根最終被救出，但從此無法離開，只能用盡所有手段想與我取得聯繫。（**我也一樣啊，姊姊，想和妳聯繫卻完全無計可施。**）

『把我的女兒還來。』

唯一成功傳達給姊姊的，只有這帶著純粹憎惡的句子。

瑪瑪雖無法離開，但仍努力地想改造邱比連接器。為了與勒克妮見面，不斷地研究並嘗試與女兒分離的手段，本想自行藉由山姆的血來切斷臍帶，結果只換來無數次的失敗。最後不得已將此事交給山姆的姊姊，正由他背著，在前往這裡的路上。

我懂了（**原來是這樣啊**）。我們並不是斷了連結。明明連接著相同的冥灘，卻因入口不同錯身而過了。

勒克妮拔腿從私人間衝出，經過地下通道，一路往布橋斯的配送中心狂奔。甚至連搭電梯到地面的等待時間都度秒如年，電梯門一開馬上連滾帶爬地衝上前。

運作中的集貨終端機旁站著一名送貨員，自他頭頂及肩上融化的雪，在地板上形成一片積水。

山姆・波特・布橋斯，將姊姊——瑪琳根，將瑪瑪一路背到我身邊了。

「瑪琳根！姊姊！」（**勒克妮，我們終於見面了。**）

隨後趕到的布橋斯員工搬來擔架，山姆便讓瑪琳根橫躺於擔架上。有如蟲蛹一般被放入搬運袋的瑪琳根輕閉雙眸，嘴角流露出一抹淺淺的微笑。

「對不起，姊姊！」

勒克妮俯身與瑪琳根額頭相碰。此時瑪琳根的左眼流下了黑色淚水，而勒克妮亦從右眼回應了一樣的淚水。

瑪琳根用顫抖的手，拿出手工製的線繩玩具，這是雙胞胎連結尚未中斷時，由勒克妮寄來的玩具。

「對不起，我沒能守住妳的孩子。」（**沒關係的，姊姊。妳不必再道歉了……**）

勒克妮擦去黑色淚痕，緊緊握住了瑪琳根的手。瑪琳根先是如釋重負地看著，隨後便將視線轉向山姆，同時山姆也將背上另一件貨物轉交給勒克妮。

「拜託妳修好他的邱比連接器。」

瑪琳根已奄奄一息。好了姊姊，不要再說話了。

「我們需要妳，這只有妳辦得到。雖然救不了我們的女兒，但有它就可以拯救這個世界了。我愛妳，勒克妮。」

我也是，姊姊，我也愛妳。

瑪琳根緩緩嚥下最後一口氣的同時，眼睛也輕輕閉上了。

玩具從瑪琳根手上鬆脫而落地，伴隨著清澈的聲響，滾到了勒克妮腳邊。似乎還依稀能聽見兩人的女兒見到玩具時的笑聲。

瑪琳根就此自這個世界解放了。

★

山姆在私人間收到勒克妮的聯絡。

邱比連接器已修復完成——動作真快。抵達這邊到現在也不過才幾個小時而已。

山姆來到了勒克妮兼作實驗室的私人間。相較於身穿坦克背心及工作褲的瑪瑪，勒克妮則是以一身藍黑色連帽斗篷迎接山姆。瑪瑪的遺體仰躺在牆邊一張簡樸的床上，面容安詳得像是隨時會醒來。

「我依照姊姊的要求修好了。」

這句話聽起來與其說是通知山姆，倒不如說像是在對瑪瑪交代一般。

「放心吧，抑制器現在應該能正常運作。」

勒克妮說著，抬頭看向山姆。

「效率快到難以置信嗎？因為硬體已經事先改造成先前與姊姊討論過的樣式，所以我只需要確認當時的編碼，重新組譯一下就行了。」

山姆接過新的邱比連接器，掛回脖子上。這對雙胞胎雖然錯過了彼此，幸好前進的方向相同，最終仍殊途同歸。

「出事的時候，被壓在瓦礫下的姊姊其實已經跟著肚子裡的孩子一起喪生。她的靈魂(Ka)早就去了亡者的世界，只是藉由女兒，勉強連接殘留在這世界的肉體(Ha)罷了。」

勒克妮彎下身輕撫瑪瑪的臉龐。

「姊姊自己想必也察覺到了吧。」

沒錯吧？勒克妮用這樣的表情望向山姆。

「所以她才一直不把銬環戴好，不想記錄生命徵象。這明明是她的得意之作。」

勒克妮同時取下瑪瑪右手腕上只戴了單邊的銬環。

「姊姊也是拚了命地在守護我們的孩子，雖然方法有點笨拙。」

這次換勒克妮的左眼流下了眼淚。滴下的淚水正好劃過瑪瑪右臉，像極了瑪瑪也跟著哭泣般。

「好了，走吧。我已經聯絡了山結市的行政部門，說我們也要加盟UCA。山姆．波特．布橋斯，你就用那個邱比連接器啟動開若爾網路吧。」

勒克妮接著走出房門，往地面層移動。

山姆站在運作中的終端機前，將手上的邱比連接器展現給勒克妮看。那是雙胞胎重新綁起的結。

他將金屬片置於眼前的接收器上方，另一邊，勒克妮也正屏息看著。伴隨慣例的飄浮感一同感受到的，是在鼻腔中擴散的冥灘氣味，不禁讓人眼眶泛淚。然而這次的淚水不單只是平常那種身體反應，還蘊含了瑪瑪與勒克妮展現的溫暖情誼。

「**連接在一起了，我們又合而為一了。**」

勒克妮哼唱般輕聲念著。她將雙手交叉，並用左右掌交錯著包覆自己的臉頰。山姆再次注意到時，她的眼睛已不知不覺成了一藍一綠的異色瞳模樣。

「**像是又回到了子宮裡。**」「**是啊，真令人懷念。**」

勒克妮與瑪琳根互相對話，而山姆僅僅只能在旁看著這一切。這情景將會永遠烙印在腦海，甚至今後仍會不斷想起吧。瑪琳根的靈魂（Ka），就這樣回歸到勒克妮的肉體（Ha）中。

「山姆，謝謝你。多虧有你，我們才能又再次合為一體。」

這美妙的和聲令人難忘。

勒克妮與瑪琳根失去了她們的女兒，從一段連結中解放，而現在又再次連結在一起。

EPISODE Ⅶ 亡人

山姆盯著育兒箱上的ＢＢ圓艙。身處在已連上開若爾網路的山結市私人間，終於能夠讓ＢＢ好好休養了。

此時山姆突然想起勒克妮的話——出事的時候，被壓在瓦礫下的姊姊其實已經跟著肚子裡的孩子一起喪生。她的靈魂早就去了亡者的世界，只是藉由女兒，勉強連接殘留在這世界的肉體罷了。

在出生前便死去的孩子，這跟ＢＢ豈非如出一轍嗎？胎死瑪瑪腹中的女嬰，徘徊在生與死的夾縫間，這孩子也是因為擁有這樣的特性，才能做為彼世的探測裝置，勉強延續生命。這也是山姆為什麼要從亡人手上接下他。與其說是在橫跨大陸途中尋找能救ＢＢ的對策，更像是寄託在茫然的希望上。話又說回來，這孩子究竟是否真的還活著？

ＢＢ正在微微啜泣，兩隻小手貼住圓艙的玻璃罩，看似有什麼話想說的樣子，接著手掌開始崩解，一路蔓延至手腕、胸部，最後從頭到腳都分解成粒子散失殆盡。如同瑪瑪她們的嬰兒ＢＴ那樣。想抓住圓艙的山姆伸手觸碰的瞬間，玻璃罩也隨之崩解，不管是圓艙還是Ｂ

B都消失無蹤。

山姆大叫著坐起。

肩膀隨著喘息上下起伏，而他人就坐在床上，看來是不知不覺睡著了。

知道是做夢才放下心中大石，山姆順勢看了育兒箱一眼，卻發現圓艙居然不見蹤影。

「小路！」

山姆反射性叫了出來，立刻跳下床。

「小路？在找這個嗎？」

背後傳來男子的聲音。出現在眼前的是一位身穿紅色皮夾克，身材活像個酒桶的男人——原來是亡人。亡人單手抱著圓艙，真希望他可以假裝沒聽到自己剛才大喊小路的名字，不過看來很難。山姆想不到什麼可以唬弄過去的說詞，只能直直盯著亡人。

「嚇了一跳吧，是翡若捷用她的冥灘把我傳送過來的。」

亡人逕自坐上床，這組織的字典裡真的完全沒有隱私兩個字。突然覺得右手上的銬環沉重了起來，完全是以連結之名，行監視之實。

「其實，你親愛的BB有個大問題。」

感覺亡人費盡力氣才吐出這句話，八成是因為利用冥灘傳送時所造成的疲勞吧。

「布橋嬰名副其實，就是連接這世界與另一個世界的橋梁。它們不屬於我們這個世界，也不屬於亡者那個世界，就位於兩個世界的正中央，沒有特別離哪個世界比較近。然而BB—28卻越來越靠向生者的世界，越來越靠近你啊，山姆。」

「因為我們是搭檔。」

山姆雖然立刻回答，卻有些心虛，腦中一瞬間閃過BB化為粒子的畫面。

「搭檔？山姆，BB是工具，不是人類。是橋梁嗎？是。是嬰兒嗎？一點也不是。」

汗水使得亡人額頭上橫劈的傷疤更為顯眼，這個男人本身也很困惑。雖不清楚個中原由，但驅使著亡人的，似乎是某種近似焦躁的情緒。至少，山姆是這麼認為的。

「告訴我到底出了什麼問題。」

「本該只是設備的BB，正逐漸變成活生生的人類。」

亡人擦去額頭的汗水，窺視著圓艙內的BB。

「體重持續些微增加、大腦活動變頻繁，記憶還不斷累積。開始進入鏡像階段，意思就是BB越來越有自我意識了。」

「我不覺得那是問題。」

「聽好了，山姆。這是個人造硬體設備，藉由這圓艙發揮功能。也就是說它一離開圓艙就沒用了。模擬出母親子宮的環境，再加上BB，才形成這個裝置。光是讓BB離開圓艙，就有非常高的機率導致嚴重故障，不過目前看來，這個BB幾天內就會停止運作。」

亡人默默地將圓艙放回育兒箱。位於山結市的這間私人間內收得到開若爾網路的訊號，所以才有辦法將圓艙連上位於主結市內的靜母，讓BB排解壓力吧。

「我也不是不懂你在想什麼，但正如我剛才說的，這個BB正在成長。它的大小遲早會超過圓艙的規格負荷，所以只能將它恢復為初始設定。」

亡人邊講邊用手背擦汗。

「就暫時交給我吧，不然這ＢＢ就要沒用了。」

山姆聽完了他的說法，才明白原來亡人也是想延續這孩子的生命。但他似乎有些故作鎮定，沿著房間牆壁緩慢走著，活像是第一次到朋友房間做客般，好奇地到處觀察。

「必須將已經適應你的ＢＢ重設，所以我會斷開你們倆的連結。你可以理解成將你和ＢＢ的臍帶切斷，然後將靠近生者世界的ＢＢ，重新往亡者的世界校正，回到兩個世界的正中央。這樣它就可以……嗯，做為設備重生，又或者說是還原比較貼切。但這必須花上一陣子，這段時間內你只能靠自己了。」

「重設後ＢＢ會變怎樣？」

「這個嘛，一切順利的話，ＢＢ的記憶會被消除。」

亡人別過視線，漫無目標地看著天花板。

「消除記憶？小路會忘了我？」

「別緊張，ＢＢ還是可以正常發揮功能，倒不如說還能將ＢＢ的效能最佳化。」

山姆無言以對。亡人也停止交談，陷入了沉默。

亡人站在淋浴間門口脫下外套，開始解開快被撐開的襯衫鈕釦。

「抱歉借用一下你的浴室。不然我滿身大汗的，況且還得把通過冥灘時沾到的開若爾物質髒汗洗掉才行。」

亡人邊講邊朝山姆眨眼——不是吧，現在是怎樣？你不是只有跟亡者感情比較好嗎？不想被察覺到狼狽的反應，山姆連忙將頭別過。

「喂，你也太冷淡了吧。難道把我給忘了嗎？還是腦中只想著ＢＢ？別跟我說你現在在擔心亞美利喔。」

他的眼神沒有笑意，十分認真。視線依序掃過天花板、牆壁、裝備架、育兒箱、終端機以及房間各角落後，回到了山姆身上。

山姆吐出一聲長嘆——好吧。便起身走向淋浴間。

亡人動了動手，將山姆的銬環解開。

溫暖的熱水伴隨著嘩啦啦的水聲，清洗著兩人的身體。

內衣也跟襯衫一樣，被亡人的體型撐得緊繃。他將頭髮往後撥，同時將臉湊向山姆：

「這裡就只有你跟我了，再靠近一點。在這就不會被聽到了，我們的談話不會被錄下來，也不會被錄影，無法進行脣語分析。」

山姆雖能理解，但接觸恐懼症的症狀依然讓他難以克制。

「這事不能讓頑人知道，懂嗎？我一直在挖ＢＢ實驗最早的資料。」

原來亡人是為了告訴自己這件事，才特地傳送到這邊來？若是這樣，剛剛說小路有異常，或許也只是為了瞞過指揮官所編的謊言。山姆心中燃起一絲淡淡的希望。

「雖然我現在才挖掘到一些外圍資料而已，但是你聽我說。初期的ＢＢ實驗中，因不明原因產生虛爆，將當時大陸東部一座稱為曼哈頓的島連根抹去，總統也被捲入而喪命。時任副總統的布莉姬・斯特蘭順勢繼承了總統大位，隨即凍結實驗，並下令將相關文件全數銷毀，Ｂ

B的衍生技術也全面禁止使用。」

亡人進一步靠近，像是不想被讀脣般，在嘴幾乎都要貼上山姆耳朵的距離悄悄地說：

「然而相關實驗私底下還在偷偷進行。」

聲音幾乎都要被水聲蓋過了。亡人不惜做到這地步，就是為了要躲避總部——不，是躲避指揮官的監視。

「而且是斯特蘭總統親自下的命令。」

「布莉姬？」

山姆反射性地發出聲音，下一秒立刻被亡人用肥厚的手掌摀住了嘴。

「總之，不像現在被當成BT偵測器，當時他們似乎想把BB投入別的用途。從根本上而言，要解開死亡擱淺之謎，非靠BB不可。人類還有沒有明天，唯一的關鍵就是這個布橋嬰了。他們陸續嘗試了將BB當成連接開若爾網路的道具，或前往冥灘的移動工具等研究，但都達不到實用階段。到頭來能察覺BT，或使用冥灘的，只有像你和翡若捷這樣的異能者。這也是為什麼布莉姬要那麼積極地招攬你們。雖然前後花了不少時間，終究還是組織起了一支直指西部、連結整片北美大陸的遠征隊。可是另一方面，BB技術也不知為何落入恐怖分子手中。」

「頑人跟BB實驗又有什麼關係？」

「我也考慮過直接去問指揮官，但無法下定決心。我不知道頑人替斯特蘭工作多久了，不管怎麼查都查不到他的底細。我甚至不知道他面具下的長相或真名。山姆，你跟他不是認識很久了嗎？」

「他從以前就戴著面具了，好像是死亡擱淺大異變初期時造成的臉部燒傷。」

山姆搖搖頭，表示自己也不清楚。布橋斯這組織跟十年前相比已大不相同了嗎？抑或是當時的自己，並未注意到這些檯面下的組織內部矛盾？

「總部內封存的資料，都被列為最高機密，沒有指揮官層級的權限許可根本看不到。但只要接上開若爾網路，進一步蒐集國內布橋斯未掌握的零碎情報，我或許有辦法拼湊出多一點真相。」

這所謂的真相，可能不僅只有BB的由來，或許還包含了更為黑暗的祕密。山姆一想到這點，不禁背脊發冷，連蓮蓬頭的水都似乎滾燙了起來。

「小心點，山姆！明白嗎？」

亡人關水走出淋浴間，山姆也於片刻後出去，只見亡人手上已抱起了BB圓艙。

「小路就拜託你了。」

全身溼透的山姆向亡人點頭說道。但亡人的回應不是一般的「了解」，而是對山姆比了個讚。看來BB的異常狀況是真的，令人失望。山姆所期望的謊言並未實現。重設之後BB的記憶會消失，也不會記得山姆了。但這才是為了這個孩子著想的正確做法，不能讓這孩子因沒必要的感傷或自尊而失去生命——山姆如此說服自己。

「山姆，我要借用這邊的設備修理這BB，這段期間，你就跟之前一樣擴展開若爾網路就好了，畢竟送貨員可是沒時間休假的。」

亡人眨了眨眼，指了一下樓上。的確，亞美利的事依然讓山姆頭痛，靜不下心好好休息。

「前面就是心人的研究設施，那附近有許多進化生物學家、古生物學家及地質學家等等的布橋斯科學研究人員們，正在避雨亭下進行挖掘。」

「挖掘？是要挖什麼東西？」

「這還用說嗎？當然是揭開死亡擱淺的謎底的方法啊。我想拜託你送貨過去，讓他們可以啟用開若爾網路，如此一來，理應能使過去的真相重現，也能發掘出被深埋的研究成果。這也是頑人所期望的，不是嗎？」

亡人揮揮衣袖便抱著圓艙走出房間。他離去時的碩大背影，像是提醒著山姆，做戲就要做全套，才能不讓指揮官、布橋斯甚至是布莉姬有任何懷疑的機會。

只剩一人的私人間中，本該接上圓艙的育兒箱現在空空如也，彷彿若注視太久，那空洞將化為將人吞噬的深淵。這空洞少了小路後，似乎隨時都會將布橋斯內部的隱情，一股腦噴出。

（下集待續）